DEVANEIOS
EM NUVENS TÓXICAS

MARCUS VINICIUS BORGES

DEVANEIOS
EM NUVENS TÓXICAS

1ª Edição

Editora
LETRAMENTO

Belo Horizonte

2014

EDITORES
Gustavo Abreu e Cláudio V. C. Macedo

FICHA TÉCNICA

Produção Editorial
Editora Letramento

Projeto gráfico e diagramação
Bruno Marques Oliveira

Capa
Marcus Vinicius Borges

Revisão
Cláudio Lúcio Firmo da Silveira

Este livro foi editado respeitando as novas regras ortográficas.

821.134.3(81) Marcus, Vinicius.

M322d 2014

Devaneios em nuvens tóxicas / Vinicius Marcus. – Belo Horizonte: Editora Letramento, 2014.
127 p.

ISBN: 978-85-63035-37-0

1. Literatura brasileira. 2. Contos. 3. Ficção brasileira. I. Marcus, Vinicius. II. Título.

Elaborada por: Reinaldo Cândido da Costa - CRB6/3014

Editora
LETRAMENTO
www.editoraletramento.com.br

Impresso no Brasil.
Printed in Brazil.

À Valéria, com todo meu amor.

MAS - É PREFÁCIO?

Chegou aqui em casa sem avisar. Quer dizer: não sem antes ter ligado umas seis ou sete vezes, de inúmeros números diferentes. Mas eu não atendi.

No final da história eu sabia que ele viria. Sempre que conversamos ao telefone ele começa com as interjeições: sua vadia, desgraçada, nunca quer falar comigo! Mas quando nos encontramos também sempre se abre em abraços e sorri.

A conversa é a mesma: vamos beber, tenho bebido demais, tomo antidepressivos, a vida é uma merda, não converso mais com Fulano – ele que vá se foder, mas escute essa música que eu fiz.

E por aí vai. Engraçado que dessa vez ele apareceu com uma sacolinha na mão, cheia de latas de cerveja sem álcool. São os remédios, falou, não posso beber, mas também não posso evitar me enganar.

Dessa vez veio ainda com uns escritos. Tenho um livro de contos pronto para publicar, disse. Todos os contos são duros, "monocromáticos", tendem a curtos como esses períodos e parágrafos aqui. Mas ele se sentou aflito por minha leitura.

Passeio, então, pelos contos como se anda por um trabalho "Sem título" de Robert Morris: cubos iguais espalhados na galeria. São só cubos, a experiência crua das coisas, da vida (talvez por isso mesmo os cubos sejam espelhados). Os objetos são o que são porque não têm ornamentação nem disfarces. No minimalismo de Morris tudo parece direto e "vazio" demais, verdadeiramente nu. Mas, como nos contos do Marcus Vinicius, o passeio pelos objetos é responsabilidade única do leitor.

Há nesses textos uma certa estrutura modular, como em Morris, uma compulsão à repetição de ritmo, de Olívias e Julietas. Então penso em Warhol, onde a monotonia das imagens só se rompe por pequenas variações, pequenas falhas na impressão serigráfica. Mas não: os contos nem são tão "frios" como Morris, nem tão glamorosos como Warhol.

Talvez a *Arte Povera* dos italianos seja um bom exercício de leitura desses textos feitos de farrapos e sujeira, saídos da imperfeição dos fatos, da solidão dos quartos por arrumar, da falta de uma construção segura da existência, dos materiais orgânicos que a perspectiva renascentista não conseguiu segurar. Mas, como uma "Vênus dos Trapos", a poeira do cotidiano indigesto abraça as ricas referências canônicas do Marcus Vinicius: Antonioni, Godard, Dostoiévski, Platão, Lacan e "Outros".

O acúmulo de uma espécie de desilusão aos cacos desses contos (que frequentemente não contam, só falam, como falam e falham as impressões em Warhol) é estranhamente atravessado por algum tipo de brilho insano, um ruído de (quase) alegria. Que logo é abortada ou deixada de lado em finais de uma escrita-em-processo porque continua na cabeça do leitor e no próximo conto, num esquema em aberto a ser retomado num próximo gole. Daí minha insistência acima, em todos os parágrafos anteriores, na palavra "mas" – num jogo que, de tão renitente, arrisca ser chato. Não diz o próprio Marcus Vinicius que o cotidiano é mesmo "chato, gasto, fétido. Igual a um pano de chão muito usado e pouco lavado"? O título desse conto, aliás, é bem sugestivo (Warhol de novo): "Diferença e repetição".

Não fosse essa estranha diferença em meio à repetição, não fosse esse "mas" que abre um possível parêntesis, não fosse a escrita esse mesmo parêntesis (que se abre à perambulação do leitor, assim como perambulamos entre os cubos espelhados na galeria), não valeria escrever: "Talvez alguém se perguntará, em algum momento, o que leva uma pessoa a evocar aquilo que todos preferem deixar do lado de fora da janela... diria que gosto dos demônios dançando ao meu redor" (em "Para aqueles que querem cantar o canto esquizofrênico de Emília). Isso me põe na cabeça uma passagem de Infância, de Górki – onde ele diz algo parecido sobre as razões de escrever e se justifica com um brilho ácido (um certo "mas" dessa dança dos demônios) que está no cerne mesmo da vida opaca de tantos russos no final do século XIX e que reluz em sua literatura. Eu o citaria agora como bom arremate e abraço que o Marcus Vinicius merece. Mas... já emprestei o livro.

Marta Neves
artista plástica

VIVER NUNCA FOI TÃO IMPRECISO

Houve um tempo em que, enquanto gênero literário, o conto era visto como algo menor. Histórias mais curtas poderiam, possivelmente, passar a falsa impressão de que foram geradas por esforços criativos igualmente menores. Não custa lembrar, no entanto, que o conto foi matéria prima no conjunto de obra de escritores como Fitzgerald, Balzac, Gorki, Machado de Assis, Bukowsky ou Guy de Maupassant, para citar apenas alguns. O conto, em diversos momentos se aproxima da crônica. Ou seja, concentra e compacta um grande numero de observações em que a ficção se confunde com pequenas visões do cotidiano. Ao contrário do romance, aqui nem sempre se busca o clímax, o grand finale de uma narrativa. E aí talvez esteja o grande mérito deste trabalho.

A proximidade com a crítica deu ao conto a necessária agilidade para se situar como uma tradução cada vez mais completa dos paradoxos que pontuam a vida nos grandes centros urbanos, onde as relações humanas frequentemente se estabelecem como alguma coisa meio incompleta, sem ter tempo de serem necessariamente alegres ou tristes. Se estabelecem como algo inevitável, porque nos bares, nas ruas, nos corredores, nos elevadores sempre teremos que trilhar os mesmos caminhos dos outros, sem ter tempo para indulgências ou sentimentos menos hostis à vida. Não há nenhum resquício de crueldade nisso. Somos como fôssemos únicos, porque, como dizia Jung, só reconhecemos como sendo real aquilo que age sobre nós; o que não age sobre nós é como se não existisse.

Com formação em Jornalismo, Marcus Vinicius transfere para sua narrativa o senso agudo da observação. Em algum momento, os textos e os diálogos podem até sugerir impressões superficiais, mas não. São flagrantes, registros rápidos como uma cena de cinema, mas em que transparece toda essa complexidade. A afetividade se confunde com a razão crítica nessas pequenas histórias que, por sua vez, retratam o universo do autor. Mesmo quando ele quer que seja à distância. O cinismo bukowskiano, por exemplo, que se percebe em alguns momentos deste trabalho, é parte de seu próprio mundo, de quem aprendeu muito da vida nas noites do Maletta e adjacências, onde bate, entre baixezas, sofrimentos e maravilhas, o coração da grande cidade. Tudo isso faz parte de um duro processo de aprendizado. Afinal, só se cai na real na hora em que se descobre que não dá mais para enfrentar o capeta só com orações. Viver nunca foi tão impreciso!

Eustáquio Trindade Netto
jornalista

SUMÁRIO

"... beware the preachers
beware the knowers
beware those who are always reading books
beware those who either detest poverty
or are proud of it
beware those quick to praise
for they need praise in return
beware those who are quick to censor
they are afraid of what they do not know
beware those who seek constant crowds for
they are nothing alone
beware the average man the average woman
beware their love, their love is average
seeks average ..."

– Charles Bukowski
em *The genius of the crowd*

RATOS, MOSCAS E UM POUCO DE SANIDADE

Escuta. Anda. Vê pelo olho mágico. Destranca a fechadura. Abre a porta. Cabelos molhados. Toalha no corpo. Vizinha.

– Oi...

– Tá querendo o que?!

– Nada, passei pra me desculpar.

– Sei.

– Tenho sido um pouco rude, mas preciso terminar meu banho. Meu chuveiro queimou.

– Vai tomar banho aqui?

– Posso?

– Depende. Você pode dizer pra polícia que te forcei a entrar e me foder. Você parece meio maluca.

– Bom... então vou embora...

– Prefiro arriscar. Entra aí.

Ela pede desculpas, de novo, e eu fico sem entender o que está acontecendo. São onze e meia da noite, faz frio, ninguém toma banho a esta hora. Me perco enquanto ela caminha na sala e pergunta sutilmente pelo banheiro. Digo que está na porta ao lado e vou pra cozinha pegar mais uma cerveja. Ponho *Lou Reed* e deixo *Berlin* preencher meu ouvido. Posso escutar daqui o chuveiro se abrir. Há um pouco de fetiche em tudo isto. Quantas vezes bati à porta desta louca. Da última vez, ela chamou a polícia. Expliquei a eles que meu filtro havia quebrado, que só queria água. Omiti o voyeurismo e a necessidade de chamar atenção. Não foi tão séria a abordagem, de certa forma foi até boa, me fez deixar a louca de lado. Passei, então, a tentar girar minha cabeça 360 graus. Confesso que falhei.

Ela não trouxe roupa. É ela, uma toalha e um chinelo. Não sei se isto é bom. Da última vez foi tranquilo disfarçar e me fingir de bêbado. Hoje a coisa muda. Ela está aqui, no meu apartamento, e eu devo ser o dobro dela. Não sei se fiz bem, mas preciso tentar comê-la, ao menos pela última vez. O banho demora. Começo a me perguntar se ela não veio aqui se matar. Ajudaria a explicar muita coisa. Confirmaria a demência. Caso ela falhasse com o suicídio, talvez pudesse se tratar e tentar tudo de novo. Isto é só uma hipótese. Talvez uma das que mais me afete com a lei. Há poucos dias tentaram me prender no corredor e agora ela aparece morta, no meu apartamento, debaixo do chuveiro. Estupro seguido de morte, no mínimo. Viveria como mulherzinha na cadeia, não pela beleza, mas por ser um estuprador de merda. Não posso passar por isso. Não vou dar em cima dela. Já sei que é louca e também sei que não me quer. Não vou tentar nada. Não posso me complicar. "Julieta sai do chuveiro, eu abro a porta da rua, ela agradece. Dias depois nos cumprimentaremos à distância pela vizinhança", essa é a melhor ideia que já tive.

A porta abre. Ela sai de toalha. Cabelos quase secos e peitos duros sob o tecido. Fico imaginando minha boca em tudo aquilo. Da panturrilha à boceta. Não sou afeito a pés. Penso em algo a dizer. Na cabeça, vejo *Anna Karina* beijando *Jean Paul Belmondo*. Acho que é o ácido batendo. Julieta não precisa saber disso. Finjo que está tudo em ordem e finalmente ela diz:

– Acho que já vou...

– Tenho vinho tinto na cozinha. Toma um pouco.

– Assim?! Se estivesse vestida...

– Você acabou de tomar banho no meu apartamento e não pode tomar vinho comigo só porque não está vestida?! Você apareceu aqui assim, lembra?! Fica tranquila, não precisa esquentar com isso.

Peguei duas taças e um queijo na geladeira. Servi Julieta. Cortei o queijo. Coloquei *Nick Cave*. Tomei o primeiro gole. Olhei para as pernas. Olhei para os peitos. Olhei o resto. "Minha loteria", pensei. Preferiria o dinheiro, mas não se pode ter tudo. Silêncio. Olho para o copo e penso que ainda poderia girar minha cabeça 360 graus. "Algum dia quem sabe. O Importante é treinar". Persistência é tudo...

para os idiotas. O melhor é não tentar, assim não há como ficar choramingando caso as coisas não deem certo.

Vivo a vida escondido para que ninguém me ache. Se as pessoas me descobrirem terei que ser algo que não posso ser e geralmente isso se refere a ser o que elas querem que eu seja. Teria que conviver o tempo todo com isto. O fato é que já convivo. Todos convivem. A todo o momento. Creio que o único momento completamente individual seja a masturbação. É você se dando prazer, exclusivamente com o que te apetece. A única imagem exterior é a da sua cabeça produzindo o corpo que você quer foder.

– E o vinho? Tá bom?

– Gostoso. Estou desconfortável só de toalha aqui.

– Pode tirar, não ligo. De verdade.

– É... tô ficando com frio, a toalha tá molhada.

– Deixa eu ajudar.

Levanto e pego um sobretudo que tenho. Estendo minhas mãos. Ela segura. Levo-a ao quarto e digo para vesti-lo. Tento ver algo nela. Algo que indique que não seja louca e tudo que encontro é mais loucura. Ela está no meu quarto, de toalha, com os bicos dos peitos duríssimos, concordando em colocar meu sobretudo e a continuar tomando vinho e ainda assim não demonstra nenhuma vontade em me dar. Que seja.

Saio do quarto. Sento no sofá e sirvo mais vinho. Ela pergunta onde pode colocar a toalha. Digo pra deixar na cadeira. Ela ri, senta e começa a falar sobre a migração dos pássaros nesta época do ano. Tento prestar atenção. Não consigo. Ela muda de assunto. Fala sobre placas tectônicas e em como isso pode causar ainda mais tragédias ao redor do mundo. Balanço a cabeça. Faço cara de interessado e acho tudo um saco. Ela é louca e eu não posso comer alguém que possa me pôr no xadrez. Sem contar que ela não está afim de sexo. Pelo menos não comigo. A conversa não engrena e todo aquele corpo vai perdendo o tesão.

– Acho que vou.

– Ok.

– Obrigado pelo banho.

– Ok.

– A gente se vê.

– É.

A porta se fecha. O fetiche pode ser o intocável. Julieta estava aqui. Seminua. Na sala, no meu sofá e tudo que posso fazer a respeito é tocar uma bela punheta. Talvez ela volte, quando se der conta de que a toalha ainda está por aqui e meu sobretudo por lá.

DISCURSO AMOROSO

Bate à porta. Espera alguns minutos. Ninguém. Novamente bate. Espera. Nada. Tenta de novo. Espera. De súbito, ouve uma voz feminina a perguntar. Carteiro?! Não, João! Espera. Silêncio. Espera. Ruído. Ruído. Pois não?! Tem um pouco de conhaque?! Silêncio. Ruído. Ei! Ei! Espere, preciso de alguma coisa pra beber. Se não tem conhaque, pode ser outra coisa. Estou com sede, porra... Ruído. Espera. Bate de novo. Vou chamar a merda da polícia pra você, seu filho da puta maluco! Silêncio.

– Ainda como aquela vizinha, aquela guria tá me deixando maluco. Ela sabe que sempre sou eu quem vai lá bater e pedir aquela merda de conhaque. Toda vez que bato, ela olha pela janela do lado da casa e vê a porta. Sabe que sou eu. Me deixa esperando uns cinco minutos e sempre pergunta: Carteiro?! Eu sempre respondo: João! Aí ela abre a porra da porta com aquela merda de toalha amarrada no corpo, sem a porra de um pingo de água no cabelo. Eu peço o conhaque e ela fecha. Eu digo pra esperar, ela faz cara de quem vai me deixar entrar e fecha aquela merda de novo. Depois fala que vai chamar a polícia...

– Me passa o vinho, diz.

– Tem escrito ou só bebido seu dinheiro?

– Que te importa?!

– Deixa essa maluca de lado, para de ir naquela porra. Essa mulher ainda vai te foder.

– Seria ótimo!

À VIDA

Casa de amigos. Todos preparados para a igreja. Missa de sétimo dia. Uma amiga perdeu o marido. A sensação de desconforto era nítida em cada um de nós. "Vamos beber o Luciano hoje", gritou Flávio, do alto de seu nariz branco. Concordamos. Esta, sem dúvida, é a melhor maneira de homenagear alguém que gostava tanto da noite.

Ana estava aflita. De salto alto, vestido preto e colar extravagante, andava sem parar, carregando seu 1,60m do banheiro para a sala. Provavelmente já estava louca. A celebração começaria depois das oito, mas iniciamos o processo mais cedo. Afinal de contas precisávamos nos aquecer para não chegarmos com frio na casa de Cristo. A ideia era boa, ainda mais que Juliana estava no apartamento. Seu olhar estático preocupava. Nada tirava a tristeza de seu rosto. O amante se foi, e agora? Com blusa preta de bolinhas brancas, saia na altura dos joelhos, meia arrastão e uma joaninha na franja do cabelo, ela ficava ainda mais gata.

Luciano sempre soube viver. Talvez esse seja seu maior legado. Suas atuações e elogios da crítica nunca fizeram jus a quem ele era. Sua vida sempre foi muito maior do que os inúmeros aplausos recebidos nos espetáculos. Para os amigos, seu reconhecimento se deu na noite, nas orgias que ele e Ju davam, nas festas sem qualquer limite e em sua perspicácia em fazer comentários ridículos em momentos inapropriados. O fígado dele também sempre será lembrado. Nunca vi ninguém beber tanto, por tanto tempo.

O interfone toca e quem chega é Júlia, completamente intoxicada. "Vamos beber o Luciano", berra ainda na escada. Na sala, estavam nove pessoas ao redor de uma mesa de vidro. Todos com copos nas mãos e muita merda na cabeça. Estávamos ao lado do som e de frente para a cozinha, o que facilitava a interação.

– Aumenta a porra da música, gritou Maria.

– Não, vão *bora*, disse o constrangido Albino.

– Desliga isso, vamos. Depois continuamos. Tá na hora, recomendou Léo.

Subimos a rua já muito alcoolizados. Difícil saber como reagiriam dez bêbados, e alguns drogados, sentados no quarto intocável do Senhor.

Na igreja, percebemos que a missa já estava na metade. O padre falava e eu observava as "doninhas" no altar com suas roupas de avó. Tudo bem, isso era esperado. Não esperava a tristeza a que todos nós fomos acometidos. Ninguém esperava. O padre deixava tudo tão desgraçadamente triste e as músicas contribuíam muito. Não consigo entender as pessoas. Elas vão à igreja para serem confortadas, mas Cristo é tão culpado e filho da puta que tenta jogar toda aquela merda do fardo da cruz no ombro das pessoas. Isso me dói. Machuca também ver as "doninhas" com seus 60 anos devotados ao bom Deus sem ao menos saber o que é viver sem ele. Sem ao menos saber das escolhas que poderiam ter feito se tivessem parado de pensar naquele romance mal escrito que é a bíblia. Fato é que todos nós fomos contagiados com esta merda. Pensar como os filhos destas senhoras podem ter vivido era terrível.

Quando o nome de Luciano foi dito depois da comunhão, quebramos o protocolo. Berros bêbados ecoaram pela catedral. "Vai com Deus, filho da puta" foi a frase mais doce que gritamos. Nem os olhares amargos puderam conter a emoção daqueles que perderam mais um dos seus. As lágrimas eram nítidas em nossos olhos. Sabíamos que, a partir dali, o restante da noite seria memorável. Saudaríamos o velho amigo como ele saudaria qualquer um de nós. Olívia tinha tanta certeza disto que havia levado seu cantil com *Jack Daniels* e distribuído irmanamente durante o calvário.

– Para onde vamos, indagou Albino.

– Pra puta que pariu, riu Júlia.

– Tem o nosso bar, disse Léo.

– Qual deles, retrucou Juliana.

– O de sempre, eu disse.

– *Go on, Candy says.*

Pegamos o táxi e descemos na minha casa. A noite era só uma palavra pra nomear a falta de sol. Celebraríamos a vida e a morte de quem viveu para morrer a qualquer instante.

CAGO QUANDO FALO

Enquanto pudermos nos entregar ao nada o faremos. Nunca hão, nem os próprios teóricos, de se libertar das amarras e dos simulacros em que se encontram. A abstração do real é tamanha que já não mais sabemos se o que é apreendido pelos nossos sentidos pode ser considerado autêntico. Até mesmo os nossos sentidos foram falseados. Se vivemos no nosso âmago genético sensações maquiadas, o que pensar de nossos pensamentos? Se morrer fosse ao menos relevante, não haveriam suicidas. Até o autoflagelo é um simulacro. Não há saídas. Contudo, sempre haverá entradas, entradas para tudo que possa retirar o homem de sua condição humana e transformar-lhe em zumbis sedentos pelo sangue dos outros zumbis. Incrível é que todos nós padeceremos. O meu e o seu sangue já estão mortos, portanto já não há mais meios para o canibalismo, viveremos a existência eterna do parasitismo. Eu parasito, tu parasitas, ele parasita, nós parasitamos, vós parasitais, eles parasitam. Amarras nunca gastas nos tomarão até que nossa matéria padeça no limiar da carne e do pó. Se ao menos conseguíssemos nos agarrar em utopias. O fato é que as utopias estão mortas. Eu e você estamos mortos. Mortos para nós e vivos para os Outros. Sinto falta da tristeza proveniente de toda essa merda. Tudo em nós já se encontra tão triste, por que, então, devemos nos entristecer cada vez mais? Vamos beber nossa angústia e transpô-la para fora de nossa morada.

Tornamo-nos parasitas quando paramos de pensar. Cagando pelo mesmo lugar onde ingerimos nosso tão saboroso alimento. De humanos nada temos, só o fato de ser bípede, mamífero, e articular palavras que serão expelidas por nosso novo cuzinho, que abre e fecha, cospe, ingere, traga, bebe, vomita e caga.

Com esse espírito, encontrei Olivia. Ela estava de malas prontas para Recife. Ia para um congresso de jornalistas. Nunca entendi como alguém pode querer estar em um lugar assim. Um jornalista pode ser apenas desagradável, um monte deles deve ser como o próprio vômito sendo engolido no café da manhã.

Olivia é um pessoa doce, sensata. Deve haver melhores formas de adjetivá-la, mas não consigo pensar em mais nada. Da última vez que nos vimos, falamos sobre o tempo e todo o trabalho que ainda teríamos pela frente. O objetivo mútuo era a anulação individual da moral. Refletíamos sobre isso, sobre as dificuldades encontradas em se libertar do mundo. O reflexo do Outro no espelho é sempre mais intenso que qualquer divagação acerca de sua anulação.

– Não fique triste. Estamos vivos. Bebemos, trepamos, trabalhamos e ainda nos sobra tempo para, ao menos, dizer, em alto e bom som, que não estamos satisfeitos com o que somos agora e não estaremos no futuro. A superficialidade das nossas discussões demonstra como estamos e estaremos fodidos. Não se preocupe, um dia estaremos mortos e a vida fará realmente sentido, disse eu.

– A morte é o único objetivo que se pode alcançar sem nada fazer. De uma forma ou outra, ela nos achará onde e como estivermos. Fico feliz com isso. Basta apenas uma certeza para me fazer feliz.

Encerramos o café com um pouco de esperança. Se tudo der errado, a morte nos salvará de uma existência sem conquistas. Mesmo que quiséssemos lutar por algo ou mesmo por alguma coisa, faltaria em nós a ação de que os humanos tanto necessitam. Gostamos de nada fazer e nos devotamos a isso. Se Olivia e eu tivéssemos religião, essa seria o ócio. Não há nada de belo em nossas vidas e em como vivemos. Tampouco nesses convescotes estúpidos e rasos.

Olivia chegou meia hora atrasada. Já estava um pouco alto. Havia tomado três doses de pinga e duas garrafas de cerveja. Ela nunca se importou em correr atrás do prejuízo. Sabia que ia superar meu patamar alcoólico em menos de trinta minutos.

– E aí?!

– Foi mal a demora. Fazer malas é um saco. São apenas três dias, mas o que fazer. Lá deve estar quente. Certamente irei à praia todos os dias, então são no mínimo dois banhos e duas calcinhas.

Sem contar que sairei à noite pelo menos dois dos três dias. Preciso de calcinha e sutiã sedutores... nunca se sabe. Uma trepada cairia bem, já faz um mês que nada acontece.

– Por que você vai para um congresso de jornalistas?

– Porque sou uma.

– Eu também sou. Isso não importa.

– Claro que importa.

– Acho que não.

– Seu Luiz, mais uma, por favor.

– Mais uma o que, retrucou o velho.

– Pode ser mais uma cerveja, um copo e duas doses de cachaça... Vou pra Recife porque a empresa está pagando tudo. Ficarei em um *resort* e terei café da manhã, almoço e jantar. Ainda pegarei uma praia e talvez encontre um pernambucano arretado que me coma.

– Entendo.

Bebemos nossas pingas e ficamos em silêncio por alguns instantes. Estar com amigos é o mesmo que estar sozinho. Não há constrangimento e não se precisa falar o tempo inteiro ou tentar seduzir ou qualquer coisa que o valha.

Olívia se formou comigo. Já fazem mais de dez anos. Gostamos da profissão, talvez por isso não sejamos felizes e nem tenhamos sucesso. Ela, assim como eu, não está nessa pela grana. Apesar de que todos nós precisamos comer e beber e fumar e foder. Tudo isso gera um custo. Pagamos por ele.

– Lembra o nosso último encontro?

– Sim, disse eu.

– Então, acho que preciso de mais certezas. Estou precisando de certezas. A morte não mais preenche o vazio. Estou desesperada por mais certezas. Quais? Ainda não sei. Pode demorar muito para a morte me pegar, sabe? Quero algo mais tangível, menos metafísico.

– Não existe nada de metafísico na morte.

– Sei, sei. Entende o que quero dizer? Preciso de algo que me estimule. Alguma coisa que me tire desse ostracismo e me traga um pouco de luz.

- Luz?! De que merda você está falando?! Temos luz o suficiente. Solar, elétrica e mais uma porrada de outras. Não me venha com uma abstração espiritual do que quer para sua vida, por favor. Não mereço.

- Não é bem luz. Às vezes, usamos certas expressões para designarmos uma situação, ideia ou seja lá o que for. "Jesus!!!" "Ai, meu deus!" "Que desgraça!". Preciso de algo mais palpável para continuar vivendo. Preciso saber que o que sou hoje não será o que serei amanhã. Preciso sair do lugar. Sua companhia é ótima, mas sempre estamos questionando as mesmas coisas. Dez anos se passaram e nada mudou em nós, além de termos ficado mais velhos, mais gordos e grisalhos. Entende o que digo?

- Sim e não.

JOGADAS NO SOFÁ ENQUANTO A VIDA COZINHA

A sala está cheia de cacos. Possivelmente alguém os havia quebrado e deixado a casa. Recebo mais pessoas do que gostaria. Muitas delas estão pouco se fodendo com tudo e com todos, devem ser por isso que acampam por aqui, não se importando em destruir as poucas merdas que tenho, embora eu não me preocupe com isso. Abro uma garrafa e tomo com quem estiver. A presença constante dos outros alivia o fardo da solidão. Apesar de todos nós vivermos a mesma vida vazia, encontramos aconchego em uma boa conversa mesmo quando estamos fodidos e bêbados, jogados no sofá tentando encontrar um meio de escaparmos. Muito aconteceu desde que mudei, há aproximadamente oito meses. Até hoje não me habituei com esta cidade. As noites aqui parecem mais tristes e menos intensas do que em qualquer outro lugar. Poucos bares, poucas pessoas querendo se perder.

Sumir é sempre uma saída para mim. Tento fazer isso sempre que acredito que posso me achar. Nunca consegui. Adoro me enganar. Quem geralmente está por perto é Julia. Quase nunca ela dorme sem passar pra bebermos e jogarmos conversa fora. Duas noites atrás, ela passou com uma sacola cheia de compras. Ela sabia do meu desespero. Não havia nada na geladeira. Três garrafas de vinho e um queijo estragado eram tudo que restava. Sei que ela não tem grana, trabalhamos juntas, ganhamos o mesmo. Não sei o que ela fez, mas estava contente pela comida. Precisava.

Talvez os cacos tenham sido quebrados por ela. Acabo de encontrá-la na minha cama. Desde o nosso jantar, na quinta, ela não vai trabalhar. Fica perambulando pela rua e acaba chegando aqui. Ela tem a chave e eu não ligo pra quantas vezes ela vem ou vai. Gosto dela por perto. Ainda mais quando sei o estado em que ela se encontra. Tudo parece doer mais nela do que nos outros. Ficamos amigas e bastaram apenas algumas semanas para eu me dar conta de que por mais que eu esteja fodida, ainda consigo ficar ao menos dois dias sem encostar no álcool. Parece pouco, e é.

Não quero incomodá-la. Fecho a porta e pego uma cerveja no congelador. Acendo um cigarro. Olho a janela. Dou uma tragada profunda. Deixo a cerveja escorregar pela garganta, o olhar vaguear em busca de algo. Caminho em direção ao som. Abaixo o volume. Caminho até o sofá. Acendo um baseado. É quase um ritual. Via de regra, é assim, principalmente quando estou sozinha. Nessas horas, sempre lembro que estou há alguns meses sem trepar. Não aguento mais a ideia do chuveirinho me dando prazer. Não aguento mais ter que fazer as coisas sozinha. Preciso de um pouco mais de interação sexual. Júlia sabe disso. Tento deixar claro todas essas coisas. Mas ela sempre está muito triste pra pensar em tirar a roupa. Estou no limite, e ela sabe. Não posso mais ignorar certos problemas. Não sei se ela dorme ou se está realmente morta. Sou péssima para identificar essas coisas.

Pego uma toalha. Tiro a roupa e largo na sala. Estou um pouco fora de mim. Perdi as contas de quantas cervejas tomei. Entreabro a porta do quarto. Ela está na mesma posição. Devem ser umas duas e meia da manhã e eu ainda não tenho sono. Será que ela está morta? Melhor descobrir pela manhã. Ninguém gosta de acordar um demônio, não é verdade? Toda vez que alguém a perturba fica difícil suportar. Toda vez que alguém diz algo, ou faz algo, que por ela não estava previsto, o mundo cai. Não me importo com isso agora. Não há como acontecer nada parecido no momento. Ela dorme e eu acabo de ligar o chuveiro. Enquanto a água cai, e eu preencho o vazio com alguns devaneios, sinto o caminhar dela pelo corredor.

– Tomando banho?

– Achei que fosse acordar só pela manhã.

– Eu também, mas precisei beber água.

– Entendo. Foi você quem quebrou o vaso?

– Pode ter sido.

– Como assim pode ter sido? Ou foi você ou não foi você.

– É, mas não me lembro bem. Cheguei eram umas oito, um pouco bêbada demais. Desculpa, ok?

– Não é isso. Quase cortei o pé. Só queria que você tivesse limpado a sujeira. Só isso.

– Não me fode. Está me enchendo a merda do saco porque quebrei aquela porcaria imunda. Vai pro inferno, sua puta!

A porta bate. Me enxugo rápido pra sair e brigar mais. Ouço um vidro se partir e um tombo. Saio do banheiro com um monte de merda na cabeça. "O que essa vadia fez agora?" "Que merda é essa?" São algumas frases que passam por mim. Sala intacta. Quarto do mesmo jeito e ela deitada na cozinha com um *ketchup* quebrado nas mãos, a cabeça toda vermelha e um pouco de espuma saindo pela boca e só o que consigo pensar é em como vou fazer pra pagar a merda do enterro.

SE TIVESSE FLORES AS ESTENDERIA PARA JULIETA

Não tão calma quanto sua expressão demonstrava. Julieta havia estado longe por alguns anos e agora estava ali, a olhá-la por entre os corpos. Olivia flertava, virava para o lado, conversava com alguém. Fingia estar e não estar. Por vezes, tentou ir ao encontro de Ju e fazer com que todos os supostos sentimentos mútuos de outrora falassem por elas. Não conseguiu. Desceu até o andar principal e encontrou o garçom descansando ao lado da porta com o uísque que deveria estar servindo. "Dê-me a garrafa!" Foi seca e rápida. Sua mão se interpôs ao *Jack Daniels*, que não criou nenhum obstáculo para ser levado pelas mãos aveludadas.

Com o *bourbon* em seu poder e sem ter cruzado novamente com Julieta, Olivia subiu novamente para o terraço, onde o desenrolar das conversas burguesas enojava cada vez mais a já um pouco embriagada e indecisa mulher. Não sabia ao certo quais motivos a levaram à festa e tão pouco quais aqueles que a fizeram voltar ao terraço cheio de pessoas tediosas, hipócritas e com o cu cheio de merda pra cagar.

O céu estava bonito, havia inúmeras estrelas e algumas crianças a voar. Desejava, e disso estava certa, colocar uma das crianças nos braços e fazê-la ninar e talvez até dá-las de mamar. Estava bêbada e nada poderia fazer cessar as belezas advindas do álcool. Queria Julieta, já! Queria pegá-la pelo braço, encostar-se a seu corpo e chamá-la de vadia. Vadia por tê-la abandonado por todos aqueles anos, sem ao menos uma notícia de sua vida ou de sua morte.

Ao piscar dos olhos, percebeu Julieta subir de mãos dadas com um homem. De onde estava, Olivia tinha acesso a quase todos os cantos do terraço, bem como a uma pequena parte do andar principal e a escada que dava acesso a ela. Sozinha, em seu lugar privilegiado, a confusão de sentidos e sentimentos a tomou por completo quando Julieta deixou-se beijar. Por um instante, pensou que iria chorar, mas recompôs-se rápido. Levantou a garrafa, uma vez que agora o copo não passava de cacos na rua.

Julieta percebeu seu antigo amor observá-la. Agora não havia mais disfarces ou jogos infantis. O álcool retirara, aos poucos, as máscaras com as quais as duas se vestiam. Olharam-se demoradamente. Julieta provocava Olivia. Os beijos se tornaram mais intensos e as mãos mais inquietas. Ju sentia o pau duro do homem nas mãos, ganhava uma siririca, mordidas no pescoço e olhava para Olivia, encarando, tentando conseguir alguma reação.

Olivia desceu. Lavou o rosto. Refez a maquiagem. Pegou mais uma dose e subiu. Procurou pelos dois e só foi encontrá-los no banheiro do terraço. Ao abrir a porta, viu sua ex, de quatro, pedindo para ser comida mais forte. Ju e o homem não pararam.

– Vem, só falta você, disse Julieta.

– Louca de merda, sua puta! Desgraçada! Trepando com esse viado engomadinho! Puta que pariu! Sua vadia de merda!

O homem saiu de dentro de Ju, pegou Olivia pelos cabelos, deu tapas em seu rosto e com uma das mãos a enforcou e com a outra calou a gritaria. Julieta não esperava que a cena chegasse a tal ponto. Colocou sua calcinha. Levantou-se. Pediu ao homem que as deixassem em paz. Não queria machucar Olivia, pensava. Só queria magoá-la. Não era muito. Desejava apenas ver sua ex-mulher com raiva, triste. O homem se recompôs, fechou a braguilha e, sem jeito, deixou as duas mulheres escoradas uma à outra. Não houve conversa, só choros e quando esses cessaram, as duas deixaram o banheiro, de mãos dadas até a escada, lugar em que se despediram e prometeram em silêncio nunca mais se virem.

Durante os anos em que moraram juntas, Julieta sentiu-se humilhada. A falta de atenção, cuidado, romantismo, a pesada rotina, a escassez de sexo e as brigas inúteis se tornaram insuportáveis para ela. Decidiu, então, deixar a casa o mais rápido possível. Deixar o lar que também era seu.

Há alguns anos, numa manhã de segunda-feira, fingiu estar doente e não foi ao trabalho. A desculpa parecia perfeita para ficar em casa e embalar todos os livros e discos. Desfazer o armário e sair dali para nunca mais voltar. Nem um bilhete deixou. Nem uma explicação. Duas semanas em um hotel e de lá para o aeroporto. Havia conseguido trabalho em outra cidade e Olivia havia deixado de existir.

PARA AQUELES QUE QUEREM CANTAR O CANTO ESQUIZOFRÊNICO DE EMÍLIA

A inquietação voltou. Períodos curtos iniciando mais um jogo de palavras que, no fim das contas, não dirá nada. Em meio a um turbilhão de sensações a que mais vale é a da impotência de se ver em um viver destituído de prazeres. Viver que antes norteava o rumo da morte, ou vida, já que a morte não passa de deleites não consumados. Quero consumir, gozar todos os desejos desta imensidão confusa.

Não há muito a escrever. Talvez o ato da escrita, ao menos, sirva para trazer de volta os demônios de outrora. Talvez alguém se perguntará, em algum momento, o que leva uma pessoa a evocar aquilo que todos preferem deixar do lado de fora da janela... diria que gosto dos demônios dançando ao meu redor. Acostumei-me a eles. Se eles não estiverem presentes, a vida simplesmente passa. E cá entre nós, não consigo andar em linha reta. Certa vez, um torto qualquer, em uma esquina perdida, me disse que linha reta é o sinal da verdadeira morte. Morte entendida aqui sem metáforas, ou qualquer figura de linguagem. Quando se está em uma cama de hospital, sem consciência, o único sinal de vida são os constantes picos vistos em um monitor. Se esses altos e baixos cessarem e o aparelho mostrar aos médicos uma linha reta, você, eu, ou qualquer pessoa estará morta.

A sala está vazia. Os móveis dispostos fazem com que o ambiente seja desagradável aos olhos e aos outros sentidos, mas o que fazer se há uma estante enorme, ocupada por uma televisão enorme. Ainda há um colchão solitário com uma estampa horrível à frente da porta e um sofá amarelo a dar o tom de felicidade em um recinto triste. A composição da minha sala já seria motivo suficiente de angústia. Há quem diga que eu mesmo escolhi estas merdas. Realmente as escolhi. Gosto de me indispor comigo. Acho que me pareço com o personagem de *Memórias do Subsolo*, de *Dostoievski*, que sente prazer em se colocar em situações de constrangimento, em situações que sejam incômodas para si e para quem presencia. Acredito que somos todos um pouco assim. Uns mais, outros menos. Não há muito como fugir deste labirinto.

Os móveis continuam aqui, embora eu não esteja lá. Penso neles apenas quando não quero colocar nada mais relevante na minha cabeça. Tais quais os dias que já estão mortos ao nascer. Minha angústia, palavra que uso recorrentemente, se dá a partir da repressão dos anseios e da permanente pergunta: Quem eu sou? Li, provavelmente em alguma revista de consultório, que a vida pode ser muito prazerosa, basta, para isso, não se deixar abalar pelos problemas. Nunca li nada tão estúpido. Como alguém, em sã consciência, pode querer viver sem problemas. Odeio apatia. Odeio aqueles que diminuem seu sofrimento ao olhar para o outro. "Ele é tetraplégico. Minha vida é muito boa mesmo. Não posso me sentir assim". Se não pudermos mais sentir, não poderemos mais viver. Frase de efeito, como aquela do consultório médico.

Adoro rir de todos, principalmente de mim. Odeio e amo todos ao mesmo tempo. Divirto-me e deprimo-me também ao mesmo tempo. O fato é que não me entendo, por isso faço esse jogo de palavras pra ver se você me entende.

O bar está vazio, assim como minha sala. Gosto de lugares vazios. Luz baixa, nenhuma música, poucas conversas. Simples, não? Chamo isso de vida. Nada melhor. Sexo é bom. Talvez divino. Se a vida é boa, ela deve se parecer de tempos em tempos com um gozo constante. Agora, neste instante, vejo alguém com quem poderia trepar. Vestido branco. Idade por volta dos 40. Estou certo de que teria uma foda perfeita com esta mulher.

Já vi muitas mortes aqui enquanto jogava sinuca com João Antônio e tentava beijar a Hilda. Sempre perdi na sinuca, porém sempre me deliciei na sujeira de Hilda. Sou amigo de pessoas mortas. Minha única certeza nesse imbróglio é que continuo sem saber quem sou. Mas sei da minha angústia. Mistérios da vida. Mistérios da linguagem. *Godard* está vivo, *Antonioni* está morto, mas sempre serão únicos enquanto eu sempre serei meu deserto vermelho.

TODA ARTE É UM ENGODO

A noite foi para minha casa. Deitou-se na minha cama. Tirou a roupa e pediu que eu dormisse com ela. A noite é uma mulher estranha. Disse para ela que dormir como sinônimo de trepar é muito feio. Dormir não pode ser sinônimo de foder. Dormir é uma ação de nada fazer, é praticamente uma perda de tempo. Enquanto trepar é sublime. Tentei explicar essas questões, ela deu de ouvidos. Esperneou que eu tirara o seu tesão. Nesse momento, retruquei que agora sim ela falava como uma boa dama. Ficou sem entender. "Sem pudores, *baby*!", bradei do alto do meu pau duro. Ela entendeu o sinal. Me comeu como há muito não me comiam. O único problema é que de fato ela quis dormir, literalmente, comigo o resto da madrugada. Um saco. Pensei que seria mais uma daquelas fodas onde tudo já está previamente estabelecido. Bom, não me refiro ao sexo, mas sim como agir depois dele. Pensei que ela se levantaria limparia minha porra, vestiria sua linda roupa e me deixaria tomando uísque e fumando cigarros. Mas não. Ela queria algo a mais. A noite sempre quer mais. Talvez esse seja o grande problema. Nunca está satisfeita com o que podemos lhe dar. Exige mais. Mais do que gostaríamos de fazer. O certo é que sempre acabo deixando a noite me dominar. Quantas vezes não deixei que ela me tirasse do sério, levar o último suspiro de sanidade da minha cabeça bastante diluída por ilusões psicotrópicas. Enfim, tentei negar. Não adiantou. A consternação tomou o âmago. Seria mais uma daquelas boas, ou tristes, ocasiões em que iria ao limite. Resignei-me. Já estava na merda, agora era sentir o cheiro da podridão.

Não consegui dormir. Aquilo era demais pra mim. Demasiado singelo. Decidi me levantar e tomar o uísque acompanhado do cigarro que já se sentia solitário na mesinha, ao lado do sofá, debaixo do abajur. Aquilo eu não poderia deixar acontecer. Nada me perturba mais do que ver um amigo triste e solitário.

Minha vida é vazia. Sempre percebo isso quando acendo um cigarro. Não sou muito de amigos. Não gosto muito de pessoas. Às vezes, sinto muito asco de estar perto delas. Me relaciono melhor com mulheres, mas só quando estou trepando. Agora, por exemplo, odeio as mulheres. Que merda inventar de dormir por aqui. Me sinto um pouco alto pelo tragos. Isso é bom. Daqui a pouco eu deitarei ao lado da noite e dormirei como um bebê a ponto de não precisar vê-la sair pela manhã. Espero, ao menos, que ela tenha deixado um espaço no travesseiro pra minha cabeça cheia de álcool.

BARULHO, SURDEZ, VIDA, MORTE E OS PARADOXOS DO EU NA HIPERMODERNIDADE

Há muito barulho por aqui, todos se amontoam e nada me diz que isto irá parar, são apenas oito da manhã de um domingo cinzento, parece onze da manhã de segunda-feira. São tantos rostos que vejo. Todos se mesclam e não consigo identificar diferenças em suas faces. Sempre caminho por esta rua, todos os dias, para cima ou para baixo, ninguém nunca me dirigiu a palavra, nunca também disse nada a ninguém, não sei se possuem ouvidos, não sei se possuo boca. Há muito não falo, há muito não me escuto, vivo um estado vegetativo de posse de todos os meus sentidos. Sei que eles não parecem estar funcionando corretamente, tudo que escuto são barulhos, tudo o que vejo são formas disformes, tudo o que falo, ato falho, não mais falo, acho que esqueci como se pronunciam sílabas, este aqui não sou eu, mas como saber se um dia o fui, como saber se não fui apenas os outros com minhas histórias próprias de sê-los? Já não posso mais pensar, é tudo tão confuso por aqui, mais uma esquina e não sei o que faço aqui a caminhar. As informações passam rápidas em minha mente, não posso mais discernir o agora nem o antes. O presente se confunde com o passado, e o futuro já está aqui, nesta nova rua que tento desbravar. Sei que não morri, meu corpo está intacto, não sei sobre minha alma, e não pense que sou religioso, penso minha alma como consciência e linguagem, se me visse no espelho certamente me confundiria com os rostos destas vielas. Nada os difere de outras pessoas e nada me difere do todo, sou este conjunto amorfo sem alma, sem morada, sem lugar. Onde ficaram minhas lembranças? Meus sonhos? Não me pergunte. Não saberei responder, mas quem me perguntaria? Não há quem faça perguntas, só há respostas.

Estranho, um mundo sem perguntas, porém rodeado de respostas. De tempos em tempos, uma lágrima escorre pelo meu rosto e eu não sei por que choro. Quando não se tem a si, tem-se a todos. É como um paradoxo ininterrupto dos dias líquidos, onde as sensações são rarefeitas, onde o fugaz é a recorrência do ser. Meu corpo vive e minha alma morre, creio que no futuro morrerá... findou-se.

AMADO BOLDO

Gosto de ressaca. Cheiro de cigarro. Braços abertos estendidos para o nada. Nunca me acostumo com as manhãs. Sempre há um resto de álcool na cabeça que precisa ser combatido com mais uma dose antes de tudo recomeçar. Não são os problemas da bebedeira que tornam tudo tão irritante, mas sim a falta... falta um pouco do sabor da noite anterior, faltam os delírios, os anseios e todo o resto. Sobram dissabores e um querer eterno de recuperar momentos vividos instantes atrás. Não falo especificamente de uma noite, mas de todas. A busca constante por experiências já vivenciadas é um fardo e ao mesmo tempo uma falácia. Quando a bebida começa a bater na cabeça, os dias se perdem e a temporalidade se esvai. Não existe passado, futuro, presente. Talvez exista algo que permeie esses estados. Talvez exista algo que não exista com a sobriedade. Estar sóbrio é como estar... difícil definir. O vazio nunca é preenchido verdadeiramente de cara ou com a cara cheia.

Esses dias, após mais uma tarde infernal no trabalho, decidi que a melhor maneira de preencher a distância entre o corpo e os pensamentos era, mais uma vez, beber. Sempre faço isso. Não tendo o que fazer, me deixo guiar pelos tragos. Quase sempre é uma boa escolha. Depois de entornar algumas doses do bom e velho *Jack Daniels*, e sacar as gurias se dirigirem a um mesmo local, resolvi levantar a bunda do bar e seguir o fluxo. Não faço isso corriqueiramente. Geralmente lugares com menos pessoas me agradam mais. Mas nem tudo é bacana e eu muito menos. Desci hipnotizado pelas doces pernas que não paravam de se mexer em direção a Reforma. Já perdi a noção de quantas vezes estive lá. Lugar apertado, escuro, quente e aconchegante. Além disso, de tempos em tempos, tocam algumas boas bandas por lá. Há muitos fazendo música por aí, mas poucos estão fazendo arte. Não há muita sensibilidade correndo pelos becos.

O mundo está dado e não há muito que se fazer com os que assim pensam. As ruas estão infestadas da mesma genialidade que acomete meu cotidiano moribundo. Não existe nada em mim e, pelo que vejo, são poucos os que têm alguma substância. Saber disso me mantém vivo, esperando o próximo acorde para, talvez, transformar o opaco em translúcido.

Não sou de muitas palavras e um lugar como a Reforma facilita meu tipo de interação. Conversar dentro da casa é impraticável e o melhor modo de perceber o outro é a observação. Gosto de observar. Me sinto tolo falando. Nunca tenho nada de interessante a dizer e raras são às vezes que me dizem algo interessante.

De repente, surge no bar, ao meu lado, uma linda ruiva de farmácia. Adoro gurias de cabelo vermelho. Lembro-me dela pedir um gim com tônica e olhar fixamente para o meu copo e falar: "Tenho uns óculos iguais aos teus". Ótimo, pensei. Ela tem uns óculos iguais aos meus... e daí. Não lembro exatamente o que retruquei, mas a guria se foi. Com muito álcool na cabeça, a grosseria é a primeira a se instalar. Continuei deixando o *bourbon* descer pela garganta. Os músicos se aprontavam no palco. A primeira apresentação da noite ficaria a cargo de uma banda com nome e som estranhos. Pesado, sujo, tempos quebrados e andamentos que oscilam no decorrer das execuções, bom para o momento em que tudo parecia tremer dentro da minha cabeça.

Além da música, havia outras coisas acontecendo. O bar de um inferninho é sempre o melhor lugar para se estar. As pessoas vêm e vão e nada parece mudar o estado de concentração delas. "Cerveja! Valeu!". "Vodca! É isso aí". Tudo parece tão intenso. A sede é grande em certas horas da noite, mas a intensidade parece sumir quando as luzes se acendem. A letargia é uma das maiores paixões atuais. Só parecemos dispostos quando nos desligamos da vida. O problema é que a vida continua esmurrando nossa porta, entrando por qualquer fresta, impedindo que a deixemos de lado. Se ainda não somos, estamos cada vez mais parecidos com um bando de *junkies*, sobrevivendo até a próxima dose... e o resto que se exploda. Isto nem o boldo pode apagar.

POR AÍ

As portas se abriram. O ambiente soturno convidava a entrar. Caminhei em direção às mesas ao fundo. Nada como se sentir só em um lugar relativamente cheio. O bar não era muito amplo e a agorafobia de antes se permitiu acabar quando o garçom deixou sobre a mesa uma dose dupla de *Jack Daniels*. Senti-me em casa. O tempo havia parado e passei a sentir um pertencimento real das minhas inúmeras projeções no Outro. Um pertencimento capaz de me confortar enquanto tentava me encontrar.

Era a primeira vez que pisava naquele bar. Contudo, criei alguns laços afetivos com os rostos que nunca havia visto e que nem mesmo pretendia voltar a ver.

– Posso me sentar?

– Não, digo olhando para o copo quase vazio.

– Não vou aborrecer, disse ela já sentando.

Continuei olhando para o copo. Levantei-o na altura em que o garçom pudesse vê-lo, fingindo para mim que não havia mais ninguém na mesa. Enquanto o garçom caminhava com minha dose, ela, até aquele instante calada, volta a falar.

– Traga o mesmo, por favor!

Quando voltei meus olhos para os dela, vi que estava com sede de conversa. Talvez fosse uma alma perdida, assim como eu. Uma desgraçada que saiu às escuras na noite, parou em um bar e viu em mim seu espelho. Mas sabia que não era isso, eu a havia visto entrar com algumas amigas acerca de uma hora.

– Você me parece distante?

Não respondi.

– Nunca te vi por aqui.

– Nem eu.

– Sei, retrucou um pouco aborrecida. Mas mesmo assim insistiu.

– Me chamo Olivia.

– Humm.

Quando ela iria dizer algo novamente, o garçom a interrompeu.

– Sua dose.

Já estava me acostumando à sua presença. Sua perseverança em tirar de mim algumas palavras. Confesso que me encantei quando ela puxou seu cigarro da bolsa, colocou-o em cima da mesa, apanhou o isqueiro e o acendeu.

– Qual seu nome, ela perguntou.

– Pra que nomear as coisas.

– Tudo bem. Seu nome agora é Bento... Então me diga Bento... O que faz aqui sozinho tomando uísque e escrevendo neste caderno?

– Estou tomando uísque e escrevendo neste caderno.

– Você não é muito de falar, não é?

– Prefiro observar.

-Percebi, faz dez minutos que não para de olhar nos meus olhos.

– Pois é.

– Há algo de errado com eles?

– Não muito.

– Como assim não muito...

O músico dava seu primeiro acorde e o resto da frase de Olivia se dissipou. Não havia nada de errado com aqueles olhos, apesar da imensa carga de melancolia que eu percebia ou queria perceber. Nada pode ser dado como verdade ou como certo. Tudo depende especificamente de como você joga seu olhar. Não posso precisar se a melancolia era dela ou minha. Mas ela se tornara atraente pelos olhos. Embora, mesmo assim, seria melhor estar só do que com qualquer outra pessoa. Principalmente uma mulher. Estava sem paciência para seduzir ou ser seduzido.

– Está gostando, apontou para o músico.

– Poderia ser melhor.

A essa altura, depois de algumas doses, pedi que o garçom deixasse a garrafa na mesa.

– Vai beber tudo sozinho?

- Não, você vai beber comigo.

- Dividir não, mas podemos beber um pouco. Posso chamar minha amigas para ajudar?

- Elas pagarão?

- Sim.

- Então não vejo problema.

De repente, estava em uma mesa com três mulheres e não tinha a menor ideia se deveria permanecer ali. Precisava estar só. Não queria companhia. Se antes consegui me afeiçoar aos rostos estranhos e até mesmo me apaixonar por eles, agora perdi completamente o afeto. As pessoas podem ser tudo aquilo que desejamos quando não as conhecemos.

Deixei um dinheiro na mesa e me dirigi à porta. Olivia, de lá sentada, gritou:

- Bento, seu cigarro!

Voltei para pegar. Mas não era o meu. Era o dela. Olivia me disse então que estaria no bar pelas próximas horas e se eu mudasse de ideia talvez ainda conseguisse um pouco de sua atenção.

A rua estava serena. Não havia muitas pessoas andando e os poucos que ali caminhavam pareciam desolados, deslocados e sem vida. Todo o resto, talvez, estaria em bares, *pubs*, casas noturnas e outras distrações. Cheias de tudo. Tentando ao menos esquecer-se delas e de todo o resto. Eu também deveria fazer isso. Mas não.

DA ALVORADA

Eram passados quase cinquenta anos quando deixou o seu leito, um pouco tarde para quem ao longo de décadas construiu sonhos, paixões, dissabores. Tarde para recuperar as tardes de outrora, onde as meninas de seus olhos envelheciam a cada pôr do sol. Nada de belo, nada de humano, com tantos prazeres ao seu redor, esqueceu--se dos seus. Viveu e dormiu com todos, menos consigo. Chorou e sorriu para todos, menos para si. Quem lhe roubou o tempo? Quem lhe tomou a vida? Quem lhe tirou tudo que amava para amar tudo o que amavam? Há anos que não se lembra de si, há anos que só sabe quem é por seu número na carteira de identidade. Não acreditava ter sido tantos e não ter sido ninguém. Dói-lhe a alma. Despreza-se. Sente-se sujo por aqueles sabores artificiais que o embriagaram desde que havia deixado de existir.

A cadeira de balanço está intacta. Esse era o único lugar em que sua alma se acomodava e seu corpo descansava. As flores do jardim permanecem vivas, com o mesmo brilho de décadas atrás. A casa não se desgastara com o tempo, a pintura continua amarela, o telhado vermelho, a sacada ainda guarda uma pequena mesa com duas cadeiras. Na varanda, além da cadeira de balanço, está a rede, uma mesa para seis pessoas, dois vasos de flores, um com gloriosas e outro com narcisos. O bairro pouco mudara, mas sua rua agora se chama Alvorada. Nada mais apropriado para quem está a nascer pela segunda vez nesta manhã. A lembrança o molda. As experiências de um mundo já vivido estão à sua volta. Acima de tudo, rejeita o passado.

Leo vivia sozinho em uma casa de quatro quartos, piscina e um grande jardim. A esposa o deixara depois de cinco anos de casamento e com ela se foram os dois filhos, na época, um de dois anos e o outro de quatro anos e meio. Nunca houve uma aproximação entre a família. Lucas, hoje com vinte e seis anos e meio, e Eric, com vinte e dois, nunca foram próximos do pai. Ele não culpa seus filhos. Não lhe sobrava tempo, nem nos fins de semana em que deveria ser pai. Depois da separação, achava que seria fácil ser pai. Seria o melhor amigo de seus filhos, pois nunca estaria presente para aborrecê-los com lições, castigos e todo o resto. Sobraria a ele a parte fácil da criação, mas nem isso pôde desempenhar. Ficava mudo com as crianças a maior parte de tempo. Depois do divórcio, sofreu demasiadamente e os sábados e domingos eram os dias em que passava sentado na cadeira de balanço, olhando os filhos no jardim e se entupindo de cerveja. Não interagia com eles. Estava sempre sisudo, macambúzio. Quando não nervoso. A bebida o deixava impaciente. Seus filhos não tinham um pai, possuíam uma babá desleixada todos os fins de semana. Além disso, ele nunca foi a um jogo de futebol, a nenhuma reunião escolar e não estava presente nos aniversários. Não suportava a ideia de estar no mesmo recinto que sua ex-esposa. Isso, segundo ele, o impediu de ser um pai de verdade. Era uma das muitas desculpas que ele inventava para não estar nem aí para o que restara da família. Adultos, Eric e Lucas não se importavam com o pai que nunca tiveram. O pai de verdade era Victor.

Após a separação, Livia alugou um apartamento e viveu sozinha com os filhos por mais dois anos. Victor trabalhava no mesmo escritório que ela. Era seu chefe no departamento de Recursos Humanos. Assim como ela, também era psicólogo de formação. Saíram algumas vezes. Livia se mantinha afastada, não queria namorar o chefe e ainda parecia cedo demais para ter um novo relacionamento. Até que se deixou levar após um jantar em sua casa, em um dos sábados em que os filhos estavam com Leo. Passados seis meses depois da primeira noite juntos, Victor a pediu em casamento e até hoje dividem o mesmo teto, não aquele alugado, mas uma casa com jardim, piscina, duas salas e cinco quartos.

Lucas trabalha com publicidade, formou-se em instituição pública há quatro anos e meio. Não vive mais com Lívia, Victor e Eric. Comprou um pequeno apartamento na zona leste da cidade, perto dos parques que visitava com frequência na infância. Todos os domingos, depois do almoço, quando sua mãe o pegava na casa de Leo, brincava nos escorregadores e balanços daquela região. Os parques não mudaram com o tempo, os brinquedos continuam lá, alguns foram trocados, outros só repintados. Lucas não vê o pai há treze anos, quando disse à mãe que não queria mais passar os fins de semana na casa antiga. Sua vida se resume a seu trabalho, sua noiva, Angélica, e sua família. Leo não faz parte de nada.

De tempos em tempos, Eric ligava para o pai. Para saber se ainda estava vivo. Ligava, deixava tocar e quando escutava a voz do outro lado da linha desligava. Nunca amou Leo. Lembra-se da primeira vez que pensou sobre isso. Tinha apenas sete anos. O almoço estava servido e o pai começou a esbravejar no telefone com Livia, depois sentou à mesa e não deu uma palavra com os filhos até se despedir ao meio-dia do dia seguinte. O pai nunca foi agressivo com ele ou com Lucas, mas sempre foi indiferente. Mais indiferente que qualquer pai de seus amigos. Victor, sim, esteve sempre presente e o adotou como próprio filho. Tanto é que nunca cogitou ter outras crianças com Livia. Eric ainda está cursando Belas Artes, também numa universidade pública. Passa os dias fora de casa, lê tudo o que lhe interessa com muita paixão, pinta e cria esculturas da mesma forma. Seus trabalhos já são reconhecidos em seu meio. Já foi capa de revista cultural de circulação nacional. "A mais nova promessa das artes" era o título da matéria. Eric só tinha dezenove anos.

Com a vida ressurgida, não se sabe por que, nem se sabe de onde, Leo contempla seus filhos da cadeira de balanço. Livia carrega Eric enquanto Lucas caminha de mãos dadas à mãe. Eles entram pelo portão e Leo sorri. Levanta e vai ao encontro de sua família. Pega Eric do colo da mãe, passa as mãos nos cabelos macios de Lucas e beija Livia. Pergunta o que estavam fazendo durante todo aquele tempo que não os viam. Ninguém sabia responder. Leo beija novamente sua esposa, Livia leva as crianças até a sala, e ele caminha em direção ao portão. A rua está vazia. Vai até a esquina e não reconhece a Alvorada, antes chamada Cinquenta.

OLHARES

O aproximar da manhã não deteve o ímpeto. As luzes já não faziam sentido acesas, as pessoas rumavam ao trabalho e ele, mais uma vez, estava ali, deitado na garagem. A música tocava alta, as garrafas estavam quase todas vazias. As cápsulas com pó já haviam sido cheiradas com esmero. Todo o branco estava guardado no caminho das narinas aos pulmões. Ao seu lado ninguém para falar, apenas pilhas de discos, livros, uma geladeira velha, sujeira, sobras de madeiras, dois cinzeiros, três maços de cigarros vazios, um pela metade, duas cadeiras, um banquinho, o controle remoto do som, o violão, dois abajures, e uma camisa jogada. Ele caído, não se importava com o dia, com o que pudessem dizer sobre ele. Gostava do frio dos ladrilhos do chão. Sentia-se confortável neles, tragando o cigarro levemente. Sempre achou que nunca cresceria, mas sempre soube da verdade. Estava cada dia mais velho, com mais responsabilidades, com mais dinheiro e com mais vícios. Aos trinta e dois, tudo parecia trazê-lo para os dezesseis, assim como quem perde metade da vida. Ao se movimentar, lembrava quando fazia isso na casa dos pais, quando esses viajavam no fim de semana. Sempre sozinho, se expor nunca foi seu forte, brincava de se esconder na garagem e usar todas as drogas que pudesse adquirir. Nessa época, os cachorros ainda lhe davam a esperança de dias melhores. Hoje nem isso possui. Deita e finge que o presente é o passado, não pela nostalgia. Acredita nos sonhos da época, atualmente gastos. Se lutou durante os anos subsequentes foi por mera falta de tato, pensa. Nada poderia vir de bom daquele ser. Fadado ao fracasso, pois assim quis crer, deixou-se contaminar por ínfimas mazelas. Nunca parou para refletir sobre suas conquistas e se agarrou como nunca em pequenas derrotas, se julgou derrotado antes de levar o primeiro soco. A fraqueza o manteve inerte. Esqueceu-se dos dias de sol, das maravilhas de ter crescido sem um arranhão e ter feito de tudo para acumular mais que três ou quatro traumas sérios no organismo. Sem contar nos dias em que sorriu e se divertiu como se não houvesse amanhã, sem se deixar incomodar por nada. Trabalhou e trabalha não só para o sustento. O labor lhe permite diversões e uma vida agradável. Para ele tudo isso pouco importa, o chão é onde deve estar, segundo sua cabeça. Não que não possa também estar nele. A ideia é que lhe grudou igual piche. Asfalto quente e pegajoso sugando o corpo. Um buraco negro achatando toda sua massa corpórea.

– Venha, vou buscar um pão! Já está dia. Faz mais de dezoito horas que não coloca nada no estômago.Vamos, levante!

– Me deixe. Estou bem aqui.

– Tá escutando?

– É o barulho da agulha. Preciso trocar o disco. Esse já era. Calma aí! Vou pegar mais uma cerveja e um cigarro. Esse som vai te fazer pirar.

– Por hoje, chega! E o trabalho?

– Tô de licença médica. O psiquiatra que me passou. Preciso desse tempo pra me recompor. Porra! Tu não sabe de merda nenhuma e tá me enchendo. Vai tomar no cu! Me deixa aqui!

– Cara, tu tá tão louco que tá tendo alucinação. Tu tá falando contigo. Esse sou você.

– Foda-se, cala a boca então.

Música alta mais uma vez. Corpo cambaleante. Luzes apagadas. Dez da manhã. Ele dança. Canta. Não há espaço para choro ou lamentação. Conformou-se com o estado atual das coisas. De fato, possui mais dez dias de atestado e assim quer passá-los. Isolado do mundo. Com drogas, música, literatura e cinema na cabeça. Uma decisão tomada. Boa ou ruim ainda é uma escolha. Já subiu em árvores com medo de apanhar. Já pulou muros para roubar cana-de-açúcar na infância. Já arremessou garrafas vazias em bancos. Já foi um atleta. Já escreveu contos, poemas, canções. Já viajou, se mudou, leu e estudou mais que muitos. Já morreu e nasceu tantas vezes. Mas nunca deixou de ser uma coisa, triste. Nem ele sabe os motivos.

– Qual o motivo da sua tristeza? (psiquiatra)

– Não tenho ideia. Me habituei a ela e ela a mim. Nos tornamos amigos e não deixo amigos na mão. (ele)

– O que te fez amigo da tristeza? (psiquiatra)

– Sempre flertamos. Acho que ela possui algum tipo de beleza. A dor me permitiu esconder de muita coisa. De mim principalmente. Tenho medo do que posso ser e do que imagino ser. Talvez por isso me agarre a ela, pois sei que com ela não precisarei ser nada. (ele)

16 DE DEZEMBRO

Socorro, gritou do outro lado da rua. O desespero vinha em forma de horror. A mulher com sangue no rosto corria sem sapatos e de vestido longo. Não havia ninguém atrás dela. Nada que pudesse ser considerado humano. Ela passou por mim como um raio e continuou sua saga em meio a gemidos de cansaço e lamúrias. Não sei o que nela se perdeu, além do notório sangue no rosto. Não sei o que dela se sucedeu, exceto, talvez, um curativo e vários calmantes. Aquela mulher fez com que todos os meus pensamentos acerca das mazelas da minha vida tomassem outro rumo a cada esquina esquecida por Deus. Já não lembrava mais os porquês de estar vagando, nem mesmo os porquês de tantas garrafas derramadas. Fixei todas as minhas forças naquele vestido ensanguentado, fugindo do nada e indo para o nada. Não sabia, naquele momento, o motivo da minha angústia, sabia, no entanto, que se tratava daquela mulher. Daqueles cabelos ao vento, murmurando dores e sinfonicamente dançando a valsa mais rápida que vi.

Tomei o caminho de casa. Entre sinais e carros escassos, via o rosto doce, melado, possivelmente, por caldas de frutas vermelhas. A moça poderia ser uma atriz e eu poderia, sem saber, ser um figurante. Não havia sentido alguém tão arrumado andar por lugares ermos e soturnos durante a madrugada. O bairro está abandonado às piores sortes há muito tempo e quem lá vive entende muito bem a surreal situação passada por mim. Tento várias vezes me lembrar das feições da minha, agora, esposa. Sim, esposa. Não consigo acreditar que eu possa ter perdido o amor da minha vida. Mesmo que fosse só teatro, o ato final do espetáculo me comoveu a ponto de me fazer confundir personagem com atriz. Quase nunca isso ocorre. Sempre vejo as várias faces de *Anna Karina*, mas não sei, e não me interessa saber, a face real de *Anna Karina*. Me contento com o que *Godard* tem a me oferecer. O mesmo acontece com *Monica Vitti*. Sempre me alegro pelas construções de *Antonioni*. Não preciso de mais nada além das personagens.

Nunca fui uma pessoa muito rude. Prefiro sempre os sorrisos aos aborrecimentos. Se algo me incomoda, deixo de lado. Isso não é de todo verdade. Na verdade, não há uma só palavra que seja. Tenho muitos problemas por me expor demais. É difícil me conter quando entro numa discussão. Não sou aqueles que discutem por bobagens. E nem aqueles que discutem fisicamente. 1. Só discuto coisas importantes. 2. Nunca briguei. Dois fatos verdadeiros. As pessoas, no geral, me aborrecem. Umas são uns completos ignóbeis. Outras estão muito ocupadas com elas mesmas para enxergar os outros. E há ainda aquelas que simplesmente não se importam. Não se importam com nada, nem com elas mesmas. Acho que me encaixo nas três definições. Mesmo que isso seja verdade, tudo isso me enoja. Eu me enojo. Às vezes, sinto asco de estar preso neste corpo e estar preso na minha cabeça. Sei que não há como fugir disso, mas não preciso aceitar. Não posso aceitar que vi Julieta correndo do outro lado da rua e nada fiz. Deixei que meu cigarro queimasse e que meus olhos estagnassem. Apenas isso. Nem mesmo parei de caminhar. Quando ela passou, também passei. Por um instante, cogitei ampará-la. Não o fiz. Agora estou tentando entender como é possível Julieta estar ali, naquela hora, correndo, com alguma coisa vermelha sobre o rosto e sobre o vestido e ainda mais sem sapatos. Os cabelos esvoaçantes e a palavras que ela dizia eram muito mais que simples gestos autônomos. Eram a vida em seu estado puro. O grito, a dor, o cansaço, a fuga, a corrida para o nada, tudo remete à vida. Quê vida é esta que Julieta vive? Quê vida é esta?

Estou em êxtase, não sei as razões. Tudo parece se mover muito rápido diante dos meus olhos. O espelho sempre cresce e me apequena dentro dele. Quanto mais vejo meu rosto sucumbido pela rotina, mais a angústia aumenta. Mais me percebo preso a uma vida que não esperava viver. Estou morto? Até onde entendo por morrer, não. Mas, o que sei desta porra de vida? Estou enterrado em mim. Nada pode me livrar desta merda de fardo. Há muito que assim me sinto.

Desde, talvez, aquela manhã quando percebi que vivia uma vida que não era minha. Nunca tive muitos sonhos. Supus algum tempo certas coisas para mim, como um dia poder tocar profundamente a alma de alguém. A forma como faria isso pouco importava, o importante era fazer. Sentir o poder de mudar algo ou alguma coisa de lugar. Isso não aconteceu. E não irá acontecer. Impossível. Sei que tudo acaba mudando, no entanto, certas coisas parecem se solidificar cada vez mais com o passar do tempo. Esta é minha vida. Poucas projeções, mas todas elas infundadas e ridículas.

Naquela noite, senti um dos muitos vazios que já havia sentido. Não posso nem dizer que o sentimento era novo. Era o mesmo de outros momentos. Me agarrei a ele e me deixei levar mais uma vez. Algo estava fora do lugar. Algo não estava certo. Claro que não estava. Como pode alguém afetar tanto o outro daquela maneira? Tudo que sempre quis fazer com uma pessoa estavam fazendo comigo. Quer dizer, ela estava. Enquanto a tragada enchia meus pulmões e petrificava o ar, meus olhos estagnavam naquela expressão. Ela possuía o inferno no andar e o sangue do Diabo na face. Como posso entender? São tantas as perguntas ao longo da vida que nem mais sei o que fiz dos meus anos, mas posso dizer que ela estava ali, insana. E eu a queria. Queria inteira. Cada movimento. Cada orgasmo. Cada cheiro novo, quente como o sexo correndo na noite gelada. De tudo o que ocorreu naqueles poucos segundo que a vi, o melhor foi ela ter nascido e morrido ali. Se é que Natália um dia existiu. Olívia nunca foi muito boa com números e pior ainda com pessoas. Sua memória sempre foi um lixo. Sempre achei isso. E o tempo demonstrou que eu sempre estive com uma boa intuição do que ocorreria: transe, loucura... sodomia! Nunca participei de uma de suas sessões, mas sempre soube, quer dizer, soube naquela noite, que seus encontros sempre foram tórridos. Amei-a mais do que qualquer outra pessoa. Amo ainda.

Nos dias que se seguiram, chorei como nunca. Veio o domingo e com ele todo o luto. Veio a segunda: trabalho, depressão, trabalho, depressão, bebida. Nada diferente do que sempre faço, nada diferente. Porém, meu mundo mudou. Antes estava largado à pior sorte, não que agora eu não esteja. A diferença está em novamente ter com o que sonhar. Isso torna as coisas mais complicadas. E faz com que eu possa me frustrar mais e mais. Odeio me frustrar. Por isso sempre desisto de tudo muito rápido, mas desta vez é diferente. Ela me mudou. Inútil tentar resistir. Penso em deixar o trabalho. Tem sido muito difícil inventar desculpas pelas recorrentes faltas. Acredito que já tenha pego umas seis diferentes doenças em menos de um mês. Eu sempre me esqueço da desculpa do dia anterior. Então vou inventando novas histórias sempre que converso com meu chefe. Acho até que digo sempre as mesmas. Após dar a desculpa do dia, começo a ter exatamente os sintomas que descrevi para aquele filho da puta ganancioso. Fico de cama e não consigo sair para procurar Natália no bairro onde a vi aquela vez. Às vezes, tenho a vaga impressão de que bebo demais e que minhas doenças inventadas, produtoras de sintomas, são somente o efeito de um fígado debilitado que produz sintomas que nem mesmo ele, todo poderoso, pode causar.

Antes de Julieta, eu era apenas um homem comum, com problemas comuns. Sem gostar da vida recebida, ou trilhada. Sem gostar das pessoas. Sem gostar do emprego. Sem gostar dos amigos, sem tê-los também. Um homem comum. Sem sonhos e sem perspectivas, apenas deixando as várias vidas já vividas tomarem conta de uma nova alma. Não que eu seja novo. Não sei exatamente a minha idade. Já passei por tanto e me distraí tanto que não sei quantos anos tenho. Sinto que vivi demais em um curto período e envelheci na mesma proporção que tudo significou pra mim. Alguns fios brancos não me deixam mentir. Será que era sodomia? Podia ser só um bando de homens e mulheres juntos tomando chá todas às terças e quintas. Minha cabeça se acostumou a muitos filmes pornôs. Quando não se tem mulheres, e não se quer pagar por elas, a internet é perfeita. Variedades e diversão. Mulheres da Holanda, Bulgária, Rússia, Estados Unidos, todas as variedades de boceta à disposição para uma boa olhadela e um momentâneo prazer. Igual ao sexo real, mas sem a chatice de ter que fingir gostar de estar com alguém só pelo sexo... Ó minha doce Julieta, ou será Olívia, Natália?

CAUSOS

O carro estacionou em frente da casa. Da janela, ele estremeceu o olhar. Era onze da noite, o bairro estava escuro, deserto a essa hora. Não esperava visitas, não queria visitas. Seus olhos marejaram. Apagou as luzes, desligou a televisão e esperou. Nenhum movimento. Checou a porta da sala, da cozinha, mas não se atreveria ir ao jardim verificar os portões. Um homem marcado sabe de seus limites, convive com a morte. Não como todos convivem. Está sentenciado. Escutou, interferiu, discutiu, participou demais, até que passou a ser considerado uma porca solta da engrenagem, um parafuso pronto a ser substituído. Ele sabe, titubeou demais em decisões. Arriscou demasiadamente o grupo. Brincou de travar batalhas grandiosas com dinheiro alheio. A agilidade de outrora com os números, que sorrateiramente sumiam para depois aparecerem em outros sítios, perdeu força. Envelheceu para o trabalho, sua mente passou a confundi-lo e suas confusões fizeram com que um grande número de pessoas ficasse exposto. Ofereceram-lhe a cortesia de se desligar dos negócios sem mais problemas, como algo normal. "Como algo fora do comum", pensou ele. De pronto, aceitou a oferta. Contudo, sabia que não acabaria ali. Caso a situação fosse contrária, ele não permitiria uma saída fácil como a lhe dada. Avesso aos santos, deuses, orações, pregações, rezas e fugas, permaneceu no mesmo lugar. Coletou o seguro-desemprego por dois meses, fez alguns serviços de consultoria, continuou na mesma academia. No fim das contas, manteve as rédeas, esperando o carro que hoje desliga o motor com o intuito de tirar-lhe a vida.

Abriu a garrafa de *scotch*, *single malt*, uma gota de água e dois dedos de bebida. Olhou para o copo, viu as gorduras do *whisky* se soltarem aos poucos e tragou de uma só vez. Repetiu os movimentos, mas, dessa vez, apreciando o sabor, junto com um charuto cubano, presente de Fidel, recebido em uma viagem à ilha muitos anos atrás.

À época era apenas um iniciante, um facilitador entre os interesses privados e os interesses do Estado. Havia ido a Cuba tentar convencer o governo comunista a aceitar o pedido do Presidente do Brasil para que as *commodities* nacionais fossem aceitas por lá. A comitiva brasileira foi bem-sucedida e ele foi subindo de postos dentro da intrincada máquina pública. Abrindo espaços para negócios no subterrâneo e fora dele, acumulando riquezas, amigos, inimigos. Montou uma grande lavanderia para empresas privadas. Suas teias se estendiam desde as esferas municipais até a federal. Dizia aos íntimos que era o maior presidente que o país jamais iria ter. Sua boca sempre foi um grande problema, contornada apenas por sua atuação mais que favorável nos bastidores. Quando isso passou a desejar, lhe cortaram a língua e agora armaram o terreno para lhe cortararem o restante da carne.

Senta-se em sua poltrona. Bebe mais do precioso *single malt*. Do alto de seus 65 anos, tenta olhar para a situação com calma. Sem sobressaltos, espera a morte. Espera que um único disparo retire de dentro dele todos os anos em que passou mentindo, traindo, usurpando não só aos outros, mas principalmente a si. Nunca constituiu família. Se orgulha de nunca ter feito pessoas de seu sangue sofrerem. Perdeu seus pais ainda novo, quando terminara a faculdade, quando uma carreta, na contramão, se interpôs ao carro dirigido por seus genitores. No ocorrido, seu velho ficou em coma por três dias. Cansado de lutar, largou a vida. Sua mãe faleceu no instante do acidente. "Pelo menos, não fui um desses filhos da puta com filhos nas escolas e com as fotos estampadas nos jornais. O que fiz, só eu precisei arcar", pensa enquanto deixa sua garganta um pouco mais molhada. Levanta, sente-se incomodado. A casa ainda está intacta, o carro está lá fora e os dois homens ainda não o mataram. A espera, que antes serviu para aceitar a morte, o deixa ansioso. Prefere o tiro rápido à algo mais penoso, sofrido. Um sequestro, quem sabe. Ou um minisequestro. O levam dali, dirigem para um local ermo, fazem perguntas que ele certamente não saberá responder. Torturam-no e somente depois o matam. Todos os pesadelos parecem grudar em sua cabeça como cola.

– Fica quieto e senta! Não vira pra trás!

– Tudo bem.

Enquanto isso, o outro homem espreita da porta.

– Sabe o que viemos fazer aqui?

– Tenho uma vaga ideia.

– Pois é. Vou te dizer. Você vai se levantar devagar, sem olhar pra mim e pra ele. Vai caminhar em direção ao carro e vai entrar no banco de trás. O mesmo carro que você viu estacionar há uns trinta minutos. Entendeu?

– O que vou fazer no carro? Me matem aqui logo!

– Entre no carro e pare de gritar. Se chamar atenção, vamos matar mesmo. Agora só me faça o favor de fazer aquilo que te disse.

– Não vou entrar em porra de carro nenhum... Me dá a porra do tiro logo! Agora!

– Velho filho da puta, já mandei não gritar. Caralho, Gustavo, cê vai entrar na merda do carro do jeito que falei.

O outro homem vem em direção a Gustavo, pega-o pelo braço. Ele resiste. Os dois brigam, caem no tapete. O velho leva a pior. Cabelos puxados, arranhões até que dois socos no rosto deixam Gustavo inconsciente. Lentamente, os dois homens o carregam para fora da casa e o colocam no banco traseiro do carro. O motor dá partida e, com o barulho, Gustavo vai, aos poucos, recuperando a consciência. Está algemado. Quando percebe, começa a berrar. Os dois homens, José e Da Silva, não se importam.

– Para onde estão me levando? Puta que pariu!

– Não entreguei ninguém. Se querem me matar, me matem. Acabem com esta merda, me deixem em paz!

– Cala boca, velho de merda, grita José.

– Não, bando de cuzões, há uns anos eu faria isso com vocês, seus putos. Fazem isso porque eu tô velho. Cambada de filhos da puta!

– Velho e gagá, babão de merda, diz Da Silva.

As discussões seguiram por mais vinte minutos até chegarem ao local. Para a surpresa de Gustavo, não era nenhum lugar ermo ou afastado, estavam na direção da Praça dos Poderes. Tudo muito iluminado e seguro. Não o matariam ali, pensou Gustavo.

- Tá vendo esta merda, apontou José.

- Tô, respondeu Gustavo.

- Neste lugar, cê só fez cagada, completou Da Silva.

- Vá se foder, disse Gustavo.

- Agora isso acabou, falou José.

Passaram pelos três poderes e se dirigiram para as cidades satélites. Seguiram por mais dois quilômetros e pararam o carro, fizeram Gustavo descer. Rasgaram com uma faca toda sua roupa. Mantiveram as algemas. Pegaram todo o seu dinheiro. Deixaram-no sem óculos.

Para voltar a pé para casa, Gustavo demoraria ao menos duas horas e meia. Fecharam a porta e foram embora. José e Da Silva esperaram uma hora, ligaram para Folha de São Paulo, Estadão, Correio Brasiliense, O Globo e avisaram que o antes poderoso Gustavo Folentino estava nu andando pelas ruas de Brasília, provavelmente alcoolizado, vindo de algum puteiro. Os veículos de comunicação registraram o fato e pegaram depoimentos de Gustavo, que alegou ter sido raptado de sua própria casa por vândalos. No dia seguinte, ele era capa dos principais jornais impressos e fazia parte da escalada dos maiores jornais televisivos do país. Sem contar as inúmeras discussões provocadas na internet, nas rádios locais e nacionais.

Na noite seguinte, ainda inconformado, tendo recebido mais que uma dezena de telefonemas de abutres, como costumava chamar pessoas próximas, Gustavo repensava a situação e planejava um meio de torná-la favorável. Ligou para os que o demitiram, falou com pessoas do governo federal e estadual e buscou meios de atrelar a situação às questões políticas do país. Planejou uma frente de trabalho de modo a tentar fazer com que a imprensa caísse na história. A versão seria a de que o ocorrido estava diretamente ligado às manifestações realizadas antes e durante a Copa das Confederações. O alvo seriam os *Black Block*. "Fácil de bater pela conjuntura atual", pensava. Todos concordaram. O tiro daqueles que ele nem sabe quem são, segundo ele, havia saído pela culatra e haviam novamente o colocado no centro das atenções, com possibilidade de novos ganhos em 2014.

Já em casa, sentado em sua sala, sem nada mais a esperar do restante do dia, tomando seu *single malt*, agora mais calmo que nunca, junto ao cheiro suave de seu charuto, recebe um tiro certeiro. O disparo sem som atravessa sua janela, acerta-o na cabeça e ele só será mais uma história dentre tantas outras a serem esmiuçadas e depois largadas de mão, esquecidas, como se nunca tivessem ocorrido.

CHEIRO DE ORVALHO

Esquina e mais esquinas. Nenhum e ao mesmo tempo todos os lugares para se estar. Caminhar contínuo em noites sem brilho. Imensidão de lamentos, postes sem luzes, putas sem homens, homens sem putas, cachorros sem mictórios. A melhor forma de se conhecer uma cidade é se deixar por ela levar. Não existem rostos em vielas escuras, não existem nomes próprios em cidades grandes. Há um acúmulo. Um distúrbio das possibilidades no esvaziamento inerente do possível. Libertas, as liberdades se suprimem na castração imaginária da supressão. Suprimem-se as vírgulas, os pontos, o olhar, o disfarce, o deleite, o maltrato, a loucura, a maciez de um abraço, a elegância de uma dança, a tristeza de um suspiro. Formas de prisão se distribuem por praças, janelas fechadas, sorrisos negados, bares abertos. "Então... por que estamos presos neste bar já faz três horas?" Pensei um pouco e nada me veio à cabeça, deixei. Para alguns, o mais importante é experienciar o máximo de sensações ao mesmo tempo, tentando sugar tudo, sem nada absorver. Não sei se sou mais lento, mas nunca consigo dar conta de muito. Fico zonzo. Deve ser alguma doença. Tenho muitas delas. Algumas são incuráveis, como o vício na arte de nada fazer. No esquecimento da temporalidade, sigo perdendo dentes, rompendo ossos, moendo vidros e aspirando espaços.

As ruas não são o destino, nem mesmo a suavidade. São igualmente meio e fim. Viagens inconstantes, intermitentes, familiares, desconhecidas, um paradoxo. Considero cada esquina como fantasias do imprevisível. Esquinas e mulheres. Não há como conjeturar o que podem vir de ambas. A incerteza... Beleza eterna do viver. As dúvidas, as desventuras do porvir, as aventuras do devir bastam para seguir rumo ao nada, em busca do nada, sem bússola, vagueando entre os esgotos, no subsolo, à margem da margem, fora da pauta;

talvez para construir uma. Um navio sem capitão, sem bote salva-vidas, imerso em excretas de todo o tipo. Um laço duradouro e ao mesmo tempo frágil, a relação entre uma cidade e seus habitantes pode ir de uma falácia, um simples engodo de territorialidade até a uma relação de amor descomunal, uma paixão arrebatadora, um delírio de loucos entorpecidos pela fumaça das indústrias, dos automóveis, dos lixões, das valas.

Depois de mais algumas garrafas, deixei o boteco para andar de mãos dadas com a cidade e deixá-la me guiar. Eu e minha bela, abraçados, pegamos a Gonçalves Dias em direção à Brasil. Tudo ia bem no aconchego da noite. Ela se mostrava aberta às minhas investidas e eu, satisfeito, gostava do jogo. Em certos momentos, cheguei a cogitar que pudéssemos ter sido feitos um para o outro. Olhares, carícias, danças. De mãos dadas, seguimos por caminhos pouco iluminados, berrando absurdos para o nada. Sem perceber, gritávamos putarias e rolávamos na grama da praça, em Santa Efigênia. "Ninguém para observar", era tudo que se passava em minha cabeça. Isso e todo o resto dos prazeres etílicos consumidos com total esmero noite adentro. A grande cidade, a inominável boceta aberta para a vida, ditava o rumo. Sussurros, apelos sexuais... O sublime nos acompanhava. Despimo-nos, choramos, vomitamos, sacudimos, entoamos mantras, rasgamos as vestes, arranhamos os corpos, quebramos copos. Depois de tanto, deitamos grudados, emaranhados, deixando as mãos buscarem os lugares íntimos, até o pau e a boceta entenderem que não poderiam mais estar separados.

Trepar pode ser tão bom quanto mijar, depende do quão apertado você está e com quem você fode. Há tanto na cidade que é quase impossível se conter estando em todos os seus orifícios. O único problema é poder dar tão pouco para quem pode te dar tudo, de uma vez só. Em um só tempo. Nunca irei me acostumar.

– "Me fode, seu filho da puta".

– "É claro, meu amor!", digo sorrindo.

COMPRAR LÂMPADAS NOVAS, SÓ O QUE LHE RESTA

Veio de longe. O bar mais próximo fica a três quilômetros de sua casa. Sozinho desde a morte de sua esposa, deixou a bebida tomar conta de sua vida. Compartilhara com Emilia quarenta anos de sua existência. Passara quatro décadas de brilho, sofrimento, escassez, fartura, altos e baixos, como a maioria dos casais com longo tempo de estrada. Sua morte, há dois anos, deixou um espaço vazio, um espaço em que ele nunca achou que iria precisar preencher. Sempre achou que iria antes dela. O pensamento era egoísta, mas para ele Emilia saberia se virar sozinha. Sociável, dócil, cheia de amigas, ela dedicava o tempo da aposentadoria à pintura, escrita e fazia aulas de todo o tipo. Mais que isso, Emilia sempre tivera tudo sob controle. Ela era seu lugar firme, sempre o foi. Desde os tempos em que ensaiavam um namoro.

A memória de Luiz, um pouco confusa de uns tempos pra cá, ainda guarda os primeiros carinhos, o pedido de casamento, as datas comemorativas, as trepadas em lugares inusitados, as conquistas pessoais do casal e lamenta sempre não ter tido o derrame no lugar de sua esposa. Lembra-se claramente do banho de cachoeira nas primeiras férias, depois que compraram o tão sonhado apartamento, dos beijos recebidos por ele após ser efetivado como diretor da Faculdade de Ciências Econômicas na Universidade Federal de Minas Gerais. Tudo isso agora é passado e as lembranças doem feito faca afiada no peito do velho. Afeito ao álcool, Luiz se entrega mais e mais aos lábios doces de quem não beija, mas faz cafuné na alma.

Depois de mais uma noite entregue à bebedeira, ele desce do táxi. Pega o elevador. Abre a porta. Está escuro dentro da casa. O interruptor ao lado da maçaneta está quebrado há mais de uma semana. O conserto vem sendo adiado paulatinamente. Quando se está em luto, quanto mais dor, mais prazer. Luiz sabe que terá que atravessar mais uma vez toda a sala bêbado para poder assim iluminar sua vida. "Não deveria ter bebido tanto", pensa entre suspiros. Lembra a disposição dos móveis, vive ali por dois anos, desde a morte de sua amada, não seria possível que ainda não tivesse decorado todo o percurso. Caminha três passos. Fim da antessala. Logo à sua frente, uma mesinha dessas de centro, colocada junto a parede, dificulta sua passagem até a sala principal. As cortinas fechadas escurecem mais ainda as luzes vindas dos postes.

De súbito, o senhor, de braguilha aberta, cai entre o sofá e a estante, lugar de sua velha televisão, que consome suas poucas horas de sobriedade e lazer. Já havia, apesar da queda, alcançado a metade de seu caminho, restavam apenas poucos passos até o interruptor que lhe trará a felicidade em forma de luz. Mais um tombo e, na penumbra soturna, um idoso deitado ao chão com um pouco de sangue a escorrer da testa. "Emilia por me deixou? Desgraçado, filho da puta, por que não me levou antes dela? Seu monte de merda!", grita Luiz olhando para o teto do apartamento, como se olhasse para Deus e o amaldiçoasse por tudo de ruim que passa.

Arruma o cabelo, sente o sangue em sua face. Não se desespera, está certo de que nada era. Em outras oportunidades já havia caído quando bêbado e se machucado. A decisão dele e de Emilia em não ter filhos hoje pesa. Vive sozinho no mundo. Emilia não possui parentes vivos e ele nunca chegou a ter irmãos. Resiste mais alguns minutos no chão frio de tábua corrida. Não quer levantar. Não há porque levantar. Não tem motivos para dar novo convite ao corpo para ingressar em um sítio que possa lhe trazer o que agora era impossível ter, o domínio de sua vida.

Recorda ele, imerso em divagações pueris, que está muito próximo ao interruptor. Na queda, ganhou alguns passos ao se rastejar no chão como um réptil babão.

Mesmo se sentindo humilhado, resolve se erguer. O interruptor se faz presente, logo ali, ao seu alcance. Passa novamente a mão pela fronte, arruma com calma os cabelos, e com a mão no chão a apoiá-lo, levanta-se com o cuidado de quem não quer mais tropeçar em suas próprias lembranças. De pé, pede ao corpo firmeza, suplica para que ele coloque de lado o peso de um viver a lhe fazer corcundas. Obstinado, encara o interruptor durante um pequeno período entre a concentração e o enjoo, provocado pelos uísques derramados na goela horas antes. Puxa a cadeira da mesa de jantar e senta-se.

"Quê fazer?", pergunta-se nos poucos instantes de lucidez que obtém com muito custo. Chora como se o mundo fosse acabar. Se já não bastasse o tamanho de seu sofrimento, as lembranças do tempo em que estivera com Emília o faz corar, emudecer, silenciar o interior. Com as lágrimas correndo, arreda com os pés a mesa de jantar. Firme, segura o vaso que estava quase a cair. Deita a cabeça sobre os braços e repete várias vezes a frase: "Não se importa consigo, mas a porra deste vaso vale o esforço, não é? Então, levante a bunda e vá iluminar a porra de sua vida com a porra de seu dedo". Se refaz, olha o interruptor por entre os óculos, ajeita a camisa, endireita as calças, dá três tapas na cara, fecha a braguilha, dá dois passos, levanta lentamente o braço, toca no interruptor. A luz se acende e em seguida queima.

DAS BRUMAS UM DOCE

O céu amanheceu rosa. Das variadas possibilidades, nenhuma previa um despertar tão cedo, com passarinhos ainda a assobiar a manhã recém-descoberta. Luiza se abaixou, procurou as tamancas, e com calma, caminhou do quarto à sua pequena varanda. O apartamento em que vive moram outras duas pessoas. Não chega a ser uma república, mas é o suficiente para manter a casa cheia durante a semana. Morar na Floresta, estando ao lado do Centro da cidade, permite a um variado número de indivíduos entrarem e saírem de sua vida instantaneamente. Embora ache agradável as conversas, as risadas, o fluxo de ideias, sente falta da quietude de seu antigo lar. Na sacada, com o cigarro aceso, e sem saber o que fazer das horas às cinco da matina, percorre os últimos seis meses de sua vida, tateando vicissitudes para encontrar alguns significados. Algo determinante, algo além das dificuldades, dos destemperos, das faltas e das sobras. Para ela o mundo existe sem meio termos, sem intervalos. Mesmo sabendo da existência de um lugar para se apoiar, para se construir, mesmo tendo a certeza dos dias e das noites, mesmos confiando em sua prematura idade, apenas vinte e três anos, desconfia não ter projetos a curto, médio e longo prazo. Sua proximidade com a leitura é zero, com o cinema é escassa, com galerias de arte e museus inexistentes. Ainda que ninguém precise de nenhuma dessas coisas para ser interessante ou mesmo sucedido ou ter dinheiro, sonhos, seu universo passa por isso, é alimentado pelas abstrações da linguagem. A maioria dos seus amigos, se assim pode chamá-los, se não são entendedores das diversas formas de expressão artística, gostam de aparentar serem. Assim como ela. De aparências vive Luiza e nas sombras forma suas opiniões. É no *facebook* e no pouco que aprendeu nos primeiros semestres de Ciências Sociais, curso deixado de lado, que apreende o mundo ao seu redor.

Sem parar muito para raciocinar, Luiza resolveu que a melhor solução para não enfrentar o cansaço das provas e a jornada exaustiva no café, seu emprego à época, seria largar a faculdade. Desde então, isso ultrapassa dois anos, não se dedicou a mais nada que não fossem trabalhos em estabelecimentos comerciais. Seja durante a noite, como caixa de inferninhos, ou durante o dia, como vendedora em lojas e atendente em bares. O tempo passa e ela compreende que com ele também se vão alguns de seus melhores dias. Vestida em seu roupão usual, busca mais um cigarro como quem pede socorro para uma inspiração, olha o céu ao redor, as casas, outros prédios e torna a olhar para o horizonte, pois acha que nele encontrará o melhor caminho para todo o tipo de indagações. Deus ainda se faz presente em sua vida, na vida de sua família. Tentou diversas vezes deixá-lo de lado, mas não se esforçou muito. Lembra sempre Dele, principalmente quando as coisas dão errado ou vão mal. Não se considera, católica, judia ou protestante. Não crê em religiões. Acredita em Deus e para ela isto basta.

Água na chaleira, pó de café no coador e mais divagações sobre a vida. Existem nela dois seres enclausurados. Um deles saí para se divertir de tempos em tempos. Aquele chamado de misantropo aparece mais vivo sempre em que se vê em posição de confronto com o outro ou em situações em que necessita tomar decisões. Luiza se esconde do mundo e tende a odiar quem a faça encará-lo. Quando o misantropo aparece, vigora por muito tempo. O outro ela costuma apelidá-lo de Dionísio, o problema é que este ela não consegue definir bem. Falta um pouco de leitura. Lembra-se do que é dionisíaco apenas daquilo falado pelos outros, não do que foi construído por Nietzsche por meio da mitologia. Por isso, para ela, de forma rasteira, o apelido se resume às festas, sexo e ao consumo de drogas. Luiza se esquece de que sempre se sente aflita depois de muita festa. O excesso de sexo com pessoas desconhecidas também a afeta negativamente, não quando está trepando, mas depois, quando as pernas já extasiadas e o gozo deram lugar ao cansaço do corpo e à culpa da alma. Sem ao menos julgar seguir uma religião, o Cristianismo a persegue. Dói-lhe a alma e os dias posteriores em que deixa Dionísio tomar conta de si, a misantropia aparece. O que ela não consegue perceber é em qual estado se encontra quando nenhum dos dois se faz presente. Agora, enquanto, na sacada toma seu café, tenta elaborar quem é este ser que habita seu corpo nos intervalos, nos meios, nos limiares.

"Domingo não é dia de trabalho", pensa, ao repousar, a xícara, dar mais algumas tragadas e deixar a sacada. Em seu quarto, um homem e uma mulher dormem sossegadamente em sua cama. "Mais um deleite", envaidece-se. Reconhece sua beleza, sua alardeada capacidade de sedução e sua capacidade em se satisfazer enquanto satisfaz igualmente bem ambos os sexos. Na noite anterior, ela saiu e retornou com os dois. Tudo estava perfeito, a música, o ambiente. O casal se mostrou aberto às suas investidas desde o início. Não demorou para um convite. Vieram para o apartamento, beberam vinho, cheiraram um pouco e se acabaram de tanto trepar. Se eles dormem, ela quer vê-los fora dali. "Já passou da hora", pensa Luiza. Apesar de ainda ter claramente na lembrança a língua de Cecília descendo pelo seu umbigo, deslizando por sua virilha até alcançar sua boceta, enquanto Eduardo acariciava seus peitos com as duas mãos e enfiava o pau em sua boca. Demorou um pouco para que ela gozasse a primeira vez, mas, assim que explodiu, deitou Cecilia e a chupou de quatro, deixando para Eduardo sua boceta aberta para receber pica. Divagações à parte, era a hora de os dois se limparem e saírem de sua casa.

– Ei?! Vocês, aí?!

– Oi, diz Cecília ainda com os olhos entreabertos.

– Acho que já tá na hora! Tô precisando arrumar umas coisas por aqui e daqui a pouco o pessoal da casa acorda...

– Ah, que pena, será que não podemos fazer a saideira?! Hein?! Eduardo?! Acorda!

– Não sei, reponde Luiza.

– Olá, Eduardo sorri ainda sonolento.

– Tô falando pra Luiza deitar aqui. Me beija vai Lu!

– Tô cansada, acordei muito cedo e ainda tenho que arrumar umas coisas aqui em casa. E cê sabe, né? Se começarmos, já viu...

– Vem, chamou Eduardo.

– Ai gente, que situação... Hoje eu não posso mais, já são sete e meia, daqui a pouco o povo acorda. Tenho que ajeitar a bagunça da sala e dormir um pouco. Acordei às cinco. Terminamos umas quatro e meia, não dormi nada. Tô um bagaço. Vou passar. Fazemos mais semana que vem. Rola?

Ela sabia que não iria acontecer nada na próxima semana, pelo menos não com eles. O que tinha pra ser já havia ocorrido. Nada mais para acrescentar. Chateado, mas sem demonstrar nada, o casal se foi. Luiza ficou e com ela todo o peso de seu vazio. Arrumou a cama, pousou o travesseiro sobre o lençol e saiu para caminhar a esmo pelas ruas. Em seu caminho, alguns conhecidos saíam de padarias e bancas de revistas. Muitos sem saber o que fazer e para onde ir, assim como ela. Luiza tomou o rumo da praça em Santa Tereza e se sentou em frente ao coreto. Pais e filhos se divertiam na manhã dominical, idosos faziam a caminhada diária e algumas pessoas próximas de sua idade idade também se exercitavam. Ela parecia não se encontrar em nenhum lugar. Tudo gerava mal-estar. As caracterizações que a levavam pensar sobre o futuro a distanciava do presente e solidificava seu passado.

Enquanto dirigia o olhar a uma das crianças, que se soltava das mãos da mãe para correr em direção ao escorregador, sentiu arder a barriga e gritou. Sua blusa, escolhida sem rodeios para sair, mas que levava o vermelho e pequenas variações de tons, estava agora manchada. O sangue escorria de dentro de seu corpo e não parava de jorrar. Entre o instante do grito, a leve passada com as mão por cima da queimação e a constatação de que algo estava errado dentro e fora de seu corpo fez com que ela se petrificasse e de súbito emudecesse. Em poucos segundos, a melancolia deu lugar ao desespero e à desordem latente. A inércia se transformou em movimento e a vida, antes estagnada, poderia se perder de uma só vez. Não escutou barulho, não percebeu o que a feriu.

Nas mãos, o sangue não era em nada parecido com os dos filmes, mas sim um roxo escuro, que percorria seu corpo por fora e tomava suas vestes em um banco público. Pessoas ao seu redor correm para ajudar, mas ninguém toma a iniciativa mais sensata, digitar 193 no celular e chamar ambulância. Segundos se passam, como se fossem minutos, até que alguém finalmente faz a ligação. Não se sabe se as pessoas precisam antes presenciar a desgraça como mero fetiche de horror, alimentar o imaginário, e só depois prestar os devidos auxílios ou se é apenas uma questão de desespero, onde a catarse e os bons modos fazem com que todos saibam sobre medicina e prestem os primeiros socorros sem nada saber. Luiza deita no banco, as pessoas se amontoam à sua volta, ninguém mais se feriu. Um dos senhores que caminhava na praça olha o ferimento e afirma para os outros em voz alta que foi feito por arma de fogo. Todos se apavoram com a notícia, logo aparece um médico e a ajuda. Tenta estancar o sangue. A bala está localizada na parte esquerda do abdômen, próximo ao fígado. O médico, Leandro, pressiona em torno do local em uma tentativa para conter o sangramento. O SAMU chega. Luiza está sem o celular e não consegue se lembrar do número de nenhum de seus familiares ou amigos. Passa o endereço de onde mora para Leandro. Chorando e gritando de dor, pede para que ele avise os amigos com quem divide o apartamento, pede também que eles levem o celular dela, que está na gaveta de seu criado mudo, para o hospital. De acordo com o SAMU, ela será levada para o Felício Rocho.

Dentro da ambulância, percorre os instantes antes de sentir queimar o interior e não se recorda de nada. O barulho da sirene, os solavancos, a conversa dos enfermeiros, sua dor, o balão de oxigênio, impedem o fluxo do pensar. Não consegue discernir. Suas lembranças se iniciam e se encerram na maca cercada por uma multidão de curiosos e um policial a lhe perguntar o que havia acontecido. Depois disso, a horrível suspensão do SAMU, a troca de olhares entre a equipe médica, a angústia dos diferentes fios conectados a seu corpo e o incessante barulho da sirene. Ao chegar ao hospital, tratada como gado ao ser retirada de dentro da estação de tratamento móvel, seguiu às pressas para UTI. Por sorte, seus pais pagavam um plano de saúde que cobria os gastos com esse tipo de situação e também por sorte estava com os documentos necessários, carteira de identidade e do plano. Da UTI, após uma avaliação rápida, foi levada às pressas para a sala de cirurgia.

- Vou viver?, perguntou a um dos cirurgiões.

- A bala não atingiu nenhum órgão vital. Está alojada entre o baço e o fígado. Ainda não sabemos se os estilhaços podem ter se espalhado dentro do organismo. Toda operação envolve riscos, mas não há com o que se preocupar. Parece que seus pais já foram avisados e estão a caminho.

- Obrigada. Qual é seu nome?

- Jeferson, vou cuidar de você. Fique tranquila. Conte até dez de trás pra frente. Vamos sedá-la para retirar a bala e parar de uma vez com o sagramento. Vai dar tudo certo, ok?!

- Tudo bem...

Luiza contou. No intervalo entre os números, a morfina, misturada com outros tranquilizantes, produziu uma das maiores viagens por ela experimentadas. Tentou curtir ao máximo, mas logo veio a falta de ar, a sufocação e o barato deu lugar à *bad trip.* Até que foi entubada e apagou. A operação não durou mais que duas horas. Sem complicações. Luiza então foi encaminhado para o CTI e lá a mantiveram em sono induzido por mais doze horas. Seus pais, que vieram de Curvelo, puderam ver a filha antes mesmo de esta acordar. Os médicos comunicaram o quadro e afirmaram não haver nada com que se preocuparem, mas Luiza precisaria esperar o resultado de uma biopsia. Segundo a junta médica, quando a filha do casal estava na UTI, fizeram alguns exames e constaram alguns pontos incomuns em sua bexiga. Pensaram ser pedras que desceram dos rins, mas não. Retiram os caroços durante o procedimento e agora aguardavam o resultado da biopsia para saberem exatamente como agir.

- Oi, minha filha, diz a mãe abraçando-a.

- Oi... Que bom que vocês vieram! Ainda não sei o que aconteceu.

- Ninguém sabe, a polícia não faz ideia. Bando de incompetentes, diz o pai furioso.

– Não deixe ela nervosa, já não basta o que passou, reclama a mãe.

– Tudo bem mãe. O pai tá certo. Não vi nada, nem sei se vou conseguir sair de casa de novo. Eu tava só sentada na praça..., Luiza começa a chorar.

– Pode desabafar, minha filha. É bom pôr pra fora, diz a mãe tentando acalentar a dor.

– Vamos, meu bem, ela precisa descansar. Amanhã você irá para o quarto, hoje passaremos a noite aqui e amanhã ficaremos o dia inteiro com você, tá bem?!, explica o pai.

– Tá bem, vou tentar dormir de novo. Amo vocês.

Luiza nunca se sentiu frágil e nunca demonstrou fraqueza. A proximidade da morte a deixou amolecida. Em meio aos fios, monitores, aos outros enfermos e aos seus pensamentos, tinha medo de voltar a existir fora dali. O hospital era, para ela, o lugar mais seguro. A fortaleza que poderia impedir que todo mal a atingisse, qualquer dor, qualquer incômodo poderia ser mitigado ali. Até mesmo a dor de sua alma. "Quem sabe aqui não tem uma ala psiquiátrica, assim posso medicar minha alma, tratar da minha cabeça. Colocar as coisas no lugar. Quem sabe não viro médica e nunca mais precise sair daqui? Mas como faria faculdade? Será que existe faculdade de medicina à distância? A residência é em hospital mesmo, posso acampar por aqui. Estou ficando louca..." Ela ainda não sabia do possível câncer, talvez precisasse continuar a visitar hospitais por um tempo, talvez nunca mais saísse deles e se, por acaso, o deixasse, seria sem vida. Morta, como acreditava estar, antes de chegar em uma ambulância com um ferimento à bala.

DEVANEIOS EM NUVENS TÓXICAS

Deitado na cama os pensamentos teimavam em não vir. Três meses foi o tempo em que se frustou ao tentar deixar o quarto arrumado. A última semana serviu para que largasse a empreitada de lado e se dedicasse ao ócio novamente. O fracasso o acompanha independente do que faça. Os amigos, um tanto desacreditados, tentaram avisar sobre os dissabores e os desafios dos novos tempos. Ele deu de ombros. Acreditou em sua força para consertar o presente, o passado e, até mesmo, o futuro sem se mover do lugar. Sem alento, passa dia após dia revirando os lugares mais obscuros da cabeça em busca de alguma inspiração. Nada parece funcionar. A tão aguardada animação e entusiasmo tardam em chegar e os limites da vida voltam a incomodar. Tédio, angústia e escuridão se acomodaram no travesseiro e os devaneios, nunca ricos, hoje se amontoam em meio a um turbilhão de toxidades neuronais. O trabalho era a única coisa a que se dedicava, não por gosto, mas por permitir uma vida tranquila, sem sobressaltos.

Sem alento e tedioso em sua esperança, olhou para o alto e se viu refletido nas nuvens cinzas a carregar o céu já pela manhã. O caminho era o mesmo. Da entrada do prédio onde vivia eram dois quarteirões até o ponto de ônibus. Após subir os degraus do coletivo, e com entusiasmo cumprimentar o motorista, cinco quilômetros e quarenta minutos o separavam da parada em que desceria. Mais três quadras à frente, catorze andares acima e cerca de dez passos estava sua mesa de trabalho. Tudo devidamente cronometrado, desde o despertar ao bater do cartão de ponto. Não gostava de reclamar da vida. Sentia-se realizado por ter um emprego, dinheiro no fim do mês e uma sala com ar-condicionado para ficar por nove horas. Ao todo, entre sair e voltar para casa, se passava aproximadamente treze horas. Sobravam quatro para beber, ver um filme, ler um livro ou, apenas, sentar-se ao sofá com a televisão ligada. Pouco tempo para se dedicar às suas coisas. A falta de nervosismo pelo modo como vivia se dava, sobretudo, por não se interessar por absolutamente nada. A indiferença sempre fez parte do seu estilo. Estilo conseguido com esforço. O trabalho o entediava, mas era capaz de executá-lo sem problemas. Planilhas, reuniões, licitações sempre fizeram parte de seu cotidiano. O objetivo era não morrer de fome, ter como pagar o aluguel, a cerveja e os cigarros. Todo o resto fazia parte de um todo ainda não compreendido e complexo demais para se entender. A invisibilidade era o que buscava, mas também não por um objetivo definido. Não tendo no que se agarrar, era melhor passar desapercebido. Gostava de pensar que os outros se referiam a ele como "aquele cara do setor de licitações... Aquele que está sempre com os prazos em dia...". Não importava que só as pessoas da sua área soubessem seu nome, preferia assim. Nunca participou de nenhuma das festividades da empresa e quando, por seu trabalho minucioso, a companhia conseguia novos negócios, ele dava um jeito de se esconder para não ter que receber elogios de sua diretoria em público. Preferia que o chamassem em salas reservadas e o cumprimentassem ou oferecessem uma maior remuneração. Nele faltavam o ego e a ambição que sobravam em seus colegas. Talvez, o fato de chamar Narciso o tenha feito escolher o caminho da reclusão. Não entendia como os pais puderam lhe dar um nome que carregava tamanha demonstração de mal gosto, de individualismo e exacerbação do eu. Cresceu para desconstruir o nome de batismo, o nome que todos são forçados a aceitar, pois não há meios para a recusa quando a linguagem nos escapa.

Aos sábados, pela manhã, passeia pela praça próxima ao seu apartamento. Não considera o ato como um exercício, uma caminhada, mas sim uma distração. Uma forma de dispersar o peso dos dias anteriores de seus ombros. Andar o faz retomar a postura correta. Com o dia livre, precisa se sentir disposto para encarar os fins de semana, que sempre o assustam. Quarenta e oito horas para fazer qualquer coisa. Um horror. Não que quisesse voltar ao trabalho.

Longe disso. Dois dias podem significar meses de ociosidade para aqueles que em nada se interessam. Os livros já foram lidos com entusiasmo. Os filmes já foram vistos e revistos. As músicas já foram escutadas a exaustão. Na sua cabeça amarga, tudo o que precisava por ele ser vivido já foi. Todo assombro se dá por não encontrar naquilo que antes amava a pulsão necessária para refazer suas experiências no presente ou mesmo projetar um futuro. Até mesmo o sexo perdeu a graça. Vê no ato sexual uma repetição vazia, dois corpos que se atiram a esmo em busca de um prazer efêmero e nada duradouro, que pode ou não trazer complicações físicas e emocionais. "Uma roleta russa", pensa. Há quatro anos, terminou seu último relacionamento e decidiu nunca mais ter um, trepou com inúmeras mulheres nos anos seguintes e depois se cansou. Ainda conversa por telefone com Lúcia, a ex-namorada, gosta de ser seu amigo, sente que a relação sem o sexo e sem o compromisso de um futuro conjugal deu um salto enorme de qualidade. Fora isso, possui seus amigos. Amigos que cultiva há décadas. Não tem vontade de fazer novas amizades, não tem facebook, ou qualquer outra rede social, e só sai para bares com seus velhos conhecidos. Aposentou-se do mundo. Cansou-se dele. Escreve incessantemente em seu diário. Não há um dia em que não deixa de anotar seus pensamentos sobre como enxerga a vida cotidiana.

Sábado, 20 de julho, 22h43

Passei por um casal feliz. Estavam de mãos dadas. Subi a rua atrás deles. Quando percebi suas falas alegres, diminuí o passo. Precisava entender como podiam estar tão contentes um com o outro. Não consegui entender para onde iriam. Não sei se chegaram a falar sobre isso. O homem estava de bermudas listradas, camisa polo azul-marinho com gola branca. Um homem negro com cerca de um metro e oitenta e cabelos afros bem grandes, como os do Tim Maia, na época do Racionais. Não deve pesar mais que setenta e cinco quilos. A mulher também magra, talvez uns sessenta e cinco quilos distribuídos em seus quase um metro e setenta, usava vestido vermelho com detalhes em branco. Sua pele era branca. O encontro se deu por volta das cinco da tarde. Eu ia em direção à padaria. Faltavam queijo e presunto na geladeira. Um pão de sal fresco foi um dos motivos que me fizeram sair de casa. Bom, eles conversavam sobre uma festa em que haviam ido. E sobre como seus amigos estavam contentes por vê-los juntos depois de dois meses de separação. Pelo que pude entender eles estavam juntos há mais de seis anos e ficaram os últimos tempos separados por uma besteira qualquer. Uma falha de comunicação. Coisas que as pessoas temem em falar uma para as outras e, por fim, tudo acaba por se transformar em uma grande bola de neve até culminar em um desfecho triste. Assim eles entendiam e eu também entendo. Fiquei feliz por eles terem reatado, sem ao menos conhecê-los. Se há uma coisa bela ainda é o fato de dois estranhos poderem se amar sem necessitar de nada em troca, quer dizer, precisão. Precisão que o outro o ame. Se há reciprocidade, a necessidade cai por terra. A beleza em poder amar e se deixar amar é algo transcendental. Querer estar ao lado de alguém pelo resto da vida, fazer sexo com esta pessoa sempre, cuidar, ter paciência, saber entender, estar presente, dar carinho simplesmente porque se quer é uma das coisas mais belas. Ainda mais com tanta oferta de carinho, sexo e cuidado fugazes. Há tantas opções fugidias. Há tanto por aí que nem é possível quantificar. Queria poder abrir espaço em mim para o amor, mas isso não é querença. Não é um livro que posso querer ou deixar de querer ler. É preciso algo que não tenho. É preciso algo que não compreendo empiricamente, nem mesmo abstratamente, acho simplesmente belo. Mas o que dizer do belo ou o que fazer com o belo? Simplesmente é o contrário do feio? O que é o feio? Meu nome, disso estou certo. Fora isso, tudo me soa como quimeras. Gostaria de ter uma chave que me fizesse amar, um botão de ligar e desligar. Deixaria ligado eternamente, estou certo que o amor faria minha vida menos penosa. A única coisa de real que presenciei neste último mês, ou que para mim soou como mais próximo do real, foi este amor resumido em três quarteirões, um amor conjunto, grudado um ao outro, até virar a esquina e se transformar em uma das mais belas memórias que guardarei.

DIFERENÇA E REPETIÇÃO

As pessoas não são boas. De modo algum podem ser. Não foram feitas para isso. Pais não foram feitos para serem pais. Filhos tão pouco foram feitos para serem filhos. Tanto um quanto o outro se esqueceram de serem humanos depois de serem paridos. Tanto um quanto o outro foram recém-nascidos e cresceram. Na infância, tiveram sonhos. Pensaram um dia serem grandes, pensaram poder mudar o mundo, de uma forma ou de outra, mas sempre para o lado positivo. Muitos desejaram ser astronautas, artistas, escritores, arquitetos, cozinheiros, cabelereiros... De um modo geral, sempre acharam poder transformar o futuro, contribuir para um mundo melhor. A maioria deles se perdeu no caminho, outros foram vencidos pelo cansaço e há ainda aqueles que pioraram muito o desenvolvimento da vida para todos. O caminho até a vida adulta traz percalços e muitos deles abrem feridas incapazes de serem cicatrizadas. Feridas que se alongam à medida que o tempo avança. Assim como o tempo, as almas ficam calejadas, assumem novas formas. Desacreditadas, passam do viver da recusa. Estabelecem-se no desejo de repetição. Repetição dos dias, das fórmulas que as colocam no lugar de todas coisas estabelecidas antes delas. Mesmo que as generalizações não sejam boas para quaisquer explicações, neste caso se aplicam a muito do que ocorre comigo, conosco.

Discussão acerca de assuntos diversos não são tratadas como possibilidades de aprendizado. São tratadas como um jogo. Quem oferece as melhores cartas ganha. Todos estão dispostos a ganhar, não existem argumentos, as questões não são postas de modo que possam existir pensamentos conflitantes e com esses uma singela gota de reflexão. Precisa-se aniquilar o outro, precisa-se fazê-lo derrotado para que o vencedor possua um gozo efêmero, mas duradouro, enquanto afirma seu domínio sobre o perdedor. Há um desprezo na vida adulta pela diferença, entendendo a diferença em seu modo psicanáltico e também deleuziano. A diferença, produtora de conflitos, sejam eles de ordem estética, comportamental, ideológica, ou apenas uma parca discordância, traz ainda mais o diferente para o isolamento, joga-o em um poço onde pode ao longe contemplar alguma luz, vive nas sombras, não nas sombras de Platão, vive na escuridão, na tristeza de estar distante daquilo que se tem por aceito. Nesse isolamento, às vezes, é tido como louco sem ao menos ter em si nada que possa ser caracterizado como. Nenhuma psicose, nada. No máximo uma depressão latente por não conseguir se expressar e ter que guardar para si opiniões e emoções que sabe nunca terão lugar para argumentação. Na repetição, os argumentos são descartáveis e o que vale é a supressão, a castração de toda e qualquer forma de inquietude face aos modos usuais da vida já programada. Até mesmo quando nos esprememos nos epididimos e corrermos em busca do óvulo, há uma disputa para ver quem chega primeiro. O que vencer a corrida nasce ou não, depende. Há muito entre a gravidez e o nascimento. Escolhas a serem feitas e riscos iminentes durante nove meses ou menos, pois temos os prematuros. Os que de certa forma não se conformam em passar mais tempo dentro de um corpo que não lhe pertence.

– Pronto pra mais uma?

– Pede pra desce. Quantas já foram?

– Sei lá, umas quatro? Deve ter sido isso... Vamos mandar uma cachacinha junto?

– Bora, amanhã é domingão mesmo. Cara, tô meio perdido com umas coisas... Andei brigando com minha família... Já tô bêbado vou falar memo, foda-se...

– Quê que tá pegando?

– O lance é o seguinte... Sabe que as coisas não andam muito bem lá em casa, né?

– Sei dessa porra toda, mas e aí? Há mais coisa nisso?

– Tem... piorei a situação ou pioraram pra mim, nem sei o que pensar mais... Ô chefe, mais uma e duas Vale Verde... O lance que rolou foi foda... Cê sabe que voltar pra casa não foi fácil, mas precisei. Depois de dez anos, precisei... Agora sei que podia ter segurado a onda, se este trampo tivesse saído há um mês, ainda tava no meu apê, feliz da vida, mas as coisas não como queremos.

– Tô ligado. Mas cê ainda não falou porra nenhuma.

A cerveja chega. Encho os copos e viro a cachaça e sigo o assunto.

– Porra, é foda falar disso... Caralho. Chefe, me traz uma tequila... Ah... Não se esquece do sal e limão, por favor.

– Fala logo, caralho! Tô ficando nervoso.

– É que é foda. Fico meio sem jeito. Acho que cê vai acabar me julgando e tal. E já tá foda. Vou ter que sair de lá, o que não é problema agora. Acho até bom. O emprego veio na hora certa. O foda que vendi todas os móveis do apê antigo, vou ter que comprar tudo de novo, mas dou meu jeito.

– Puta que pariu, para com essa porra de enrolação! Tá me enchendo o saco já.

– Dei uma cabeçada no meu irmão e errei um soco na cara dele por pouco.

– O quê? Cê tá maluco? Quê que rolou?

– Porra, velho, isso que eu não queria, já tem um monte de filho da puta me chamando de maluco, cara. Tá foda.

– Foi mal, mas cê tem que sacar que isso não é normal, né?

– Sei que não é normal, mas não te contei merda nenhuma ainda. Sem contar que ele tá me acusando de ter machucado minha mãe, de ter batido nela. Acredita nisso?

– Cara, não sei aonde isso vai chegar, mas vou te dizer que acredito. Cê estoura às vezes e é difícil te conter. Caralho, velho, a porra da tua mãe?

– Filho da puta, cê acha mesmo que eu machucaria minha mãe? Vai pra casa do caralho! Acordo seis da manhã, vou fazer minha caminhada, trato ela superbem. Mesmo não acreditando em Deus, em religião, em porra nenhuma, participo da vida religiosa dela, pergunto se ela já rezou, se ela tá bem e o caralho a quatro. Ela é minha mãe, porra. Nos fins de semana, meu irmão some e daí eu fico com ela a tarde inteira pra ela não ficar sozinha. Cê acha que eu teria coragem de fazer algum mal pra ela. Tenho meus rancores e tudo mais, mas nunca faria isso. Uma vez, quando tinha doze anos, me interpus em uma briga dela com meu pai e disse que se ele pensasse em encostar a mão nela que eu matava ele. Meu pai, porra. Eu só tinha doze anos. Agora tô velho, nunca faria uma coisas dessas.

– Desculpa, cara. Foi mal ter pensando isso.

– Tudo bem, me deixa terminar essa porra, porque tá engasgada. Meu irmão que trabalha, tem o salário dele e tudo mais, não gasta com nada em casa, nem mesmo com a gasolina do carro que nosso pai deu pra ele. Daí minha velha tava falando com meu velho e ele disse que o carro tava sem gasolina, saca? Pedindo dinheiro pra pôr. Virei pra ele, de boa, e disse que ele trabalhava e podia colocar a gasosa do carro. Ele enlouqueceu, começou a gritar feito um maluco e disse pra eu ficar quieto, que não deveria me meter e veio pra cima de mim, como se fosse me bater.

– Cacete, *man*.

– Falei com ele na maior paz pra ele parar com aquilo, porque ele não me aguentava e se ele me batesse eu teria que revidar. Continuei falando isso e minha mãe começou a tentar segurá-lo. Ele ficou tentando se livrar dela enquanto me dava joelhadas. Apertou os braços dela tentando tirar ela de lá e tal. Até empurrou, com o antebraço dele, pelo pescoço para poder continuar. E eu lá, "fica na sua, cê não me guenta, para com essa merda". Aí perdi a cabeça e sentei-lhe uma cabeçada no meio do nariz. Nisso eu tava com a receita dos meus antidepressivos na mão, ele deu um jeito de rasgar aquela merda, nem sei como. Fiquei possesso. Aí eu queria socar a cara dele de todo jeito. E minha mãe lá, fingindo passar mal, fingindo desmaio e tudo mais. Peguei ela e falei "fica no seu quarto". Ainda disse: "se você não o educou direito, agora eu vou educar". Tentei trancar ela no quarto. Não consegui. Ela disse que precisava desligar o fogão na cozinha, tranquei a porta que dava da sala pros quartos e falei pro meu irmão pra ele sair e terminar o que ele tinha começado.

– Caralho, bicho!

– Fica pior. Tento arrombar a porta do quarto dele a chutes. Ele liga pra polícia. Chamando pra vir me prender, que eu tava descontrolado. Claro que tava. Ele me fez ficar assim. Não me eximo do descontrole e da raiva. Mas se ele começou a me agredir, falando que eu era um merda que não tinha responsabilidade com nada, que tinha pedido arrego e voltado pra casa, e tudo mais. Ficou me humilhando horrores. Agora então, já que ele é todo machão, que saísse do quarto e terminasse o serviço. Queria me bater, que me desse porrada então, mas ele sabe que não me aguenta, um baita dum cuzão. Saca, cão que ladra, mas não morde?

– Velho, que merda é essa? Cê ficou louco. Devia ter deixado seu irmão de lado.

– Cara, eu tentei, porra. O filho da puta é um merda de egoísta, não faz nada pra ninguém, ele se julga o centro do universo. É foda. Me acalmei. Ele me mandou uma mensagem me pedindo desculpas e tudo mais. Não queria saber de desculpas. Aproveitei e falei pra minha velha que ele agia assim pelo tratamento diferenciado que ela dava pros filhos e que ela não soube educá-lo, por isso que ele agia daquela maneira, sem assumir os próprios erros, apesar de ter me pedido desculpas por mensagens minutos depois do ocorrido. Fiquei na minha, tinha uma reunião minutos depois, isso foi na hora do almoço. Sai de casa e fui trabalhar. Disse pra minha velha que não queria vê-lo quando voltasse, pois quebraria a cara dele.

– Porra, velho, cê começou a perder a razão mais uma vez. Não podia ter falado isso.

– Eu sei, ainda falei mais. Disse que ia mandar ele pro hospital em coma se não o visse fora dali. Há uns anos, acredito que em 2008, fui expulso de casa depois de brigar com ele. Nada físico, só discussão, morávamos só eu e ele à época, e meus pais me colocaram pra fora, dando razão pra ele. Essas coisas ficam marcadas, meu caro. Cicatrizes que não cicatrizam.

– Porra, isso é foda.

– Aí sai, depois ia encontrar com minha namorada para vermos um filme à noite. Quando me encontrei com ela, sabia que algo estava errado. Ela não queria me falar. Soube na hora que alguém havia contado o que ocorreu, é claro.

– Peguei o telefone e disquei para minha mãe e disse que ela não deveria ter feito aquilo. Eu tinha pedido pra ela não comentar nada com minha namorada, estamos vivendo um momento conturbado, de reaproximação, isso só a ajuda se afastar cada vez mais de mim. Uma merda. Minha velha começou a me chamar de drogado pelo telefone. Eu, drogado, viciado... Fiquei possesso, não consegui manter a compostura de novo. Escutar essas coisas machucam demais. Falou que iria me internar. Que eu tinha surtado, que tinha virado psicótico e tudo mais. Tomo remédio controlado sim, mas é para depressão. Não tenho nenhum outro distúrbio, meu psiquiatra e o psicólogo a meu pedido tentaram encontrar todas as outras psicoses a que estamos sujeitos, e só encontraram a depressão profunda. Só porque ainda não me matou não quer dizer que ela não foda a minha vida. É uma doença fodida. Minha tia, que é psicóloga, me ligou se intremetendo no assunto, dizendo também que eu havia surtado e que tinha que ser internado, que meu irmão só não havia chamado a polícia porque ela o impediu. Sabe o que fiz?

– Diz aí... Mas acho isso tudo muito louco, cara. Sua família mais te atrapalha que te ajuda. É pior que qualquer outra que eu conheça.

– Mandei ela pra puta que pariu. Uma mulher que aceitava a filha pegar chinelo pra bater nela. Pagou o apartamento da mesma filhinha mimada e que o pai deu sociedade pra essa menininha na empresa dele de contabilidade não tem respaldo pra falar merda nenhuma comigo, nem como psicóloga, nem como mãe. Ela falhou nas duas coisas.

– Hahahahahahaha. Tem toda razão! Cê já me falou disso. Hahahaaha.

– Pois é. Vê se pode? O pior de tudo que quem saiu como vilão, de novo, fui eu. Meu irmão saiu como vítima, assim como minha mãe. Tá certo, eu poderia ter evitado, tentei. Pedi para ele parar de gritar e de tentar me bater. Mas ele ficou me humilhando, e já me sinto humilhado demais, mas isso é problema meu, eu que tenho que resolver. Mas não dá direito a ninguém me humilhar. Suportei uns cinco, dez minutos, só aí dei a cabeçada. E, quando vi, minha receita rasgada, perdi a cabeça mesmo. Admito minha falha. Mas não fui eu quem começou. Não posso arcar com o que os outros fazem ou pensam. Agora eles devem estar dizendo o quanto eu sou maluco e o quanto eu devo usar drogas. Hahaha. Aiaiaiai. Só rindo.

O papo seguiu nessa toada, mudamos de assunto, pois nesse interim chegamos a um denominador comum. Divergimos de outras coisas, mas ele, o Caio, é uma das poucas pessoas com quem é possível discutir, argumentar. Nem ele e nem eu queremos ganhar, ao contrário, estamos sempre dispostos a perder. A não nos repetirmos. A ser diferentes na medida do possível, não como uma forma de revolta, mas como um devir. Uma maneira de modificarmos nossa visão acerca de todas as coisas que nos cercam e compreendermos melhor nosso cotidiano chato, gasto, fétido. Igual a um pano de chão muito usado e pouco lavado.

FARDOS

Veio da rua. Descansou os pés ao sentar em sua poltrona favorita. Puxou ao lado, na mesinha de canto, o controle remoto da televisão. Sem se importar com o que se passava, rodou os canais na tentativa de esvaziar a cabeça. Inquieto, levantou-se, foi até a geladeira, buscou uma cerveja. Acendeu um cigarro. Voltou para a televisão. Novamente zapiava canais, e nada. Tentava tirar da cabeça imagens, sons, feição, horror, gestos, palavras, perdões, lições, palavrões, revoltas, distorções, sangue, palidez, morbidez, família, vidas, coragem, mesquinhez, dúvidas... Havia acabado de tirar a vida de homem. A arma ainda está quente em sua cintura. Não teve coragem para se desgrudar dela. Um revólver simples, calibre trinta e oito. Três socos, dois chutes, duas coronhadas e três tiros. Meses atrás, decidiu comprar a arma. Sua ação foi planejada. Comprometeu-se com o assassinato. Viajou quatrocentos quilômetros até o limite da Bahia para trazer de lá munição e o trinta e oito com numeração raspada. No caminho, pôde se preparar, vislumbrar o acontecimento. Ver de fora como seria tirar a vida de alguém. Pensou em retroceder algumas vezes, mas não o fez. Fez o trajeto de ônibus, acreditou ser mais seguro. Caso fosse de carro, poderia facilmente esquecer o pé no acelerador e ser parado pela polícia. Sem contar que sairia mais caro, teria que colocar gasolina, fazer revisão, trocar os pneus carecas e, por algum outro motivo, ter que explicar por que deixou o estado. Eram muitas as implicações e complicações. De ônibus, uma simples desculpa faria com que faltasse ao trabalho por alguns dias e depois daria um jeito de forjar uma enfermidade qualquer e garantir um atestado num posto de saúde. Ele sabia que seria a primeira e a última fez que faria algo deste tipo. Nunca roubara e matar estava fora de sua compreensão. No entanto, estava determinado. Para o bem ou para mal, ou ele se safaria ou seria preso ou acabaria com sua vida na mesma hora em que tiraria do outro seu bem mais precioso. Até aquele instante estava a salvo de tudo.

Na Bahia, nos arredores de Itarantim, encontrou com dois homens. Quem indicou foi um amigo de infância, um ex-bandido convertido pela Igreja Evangélica. Lá foi bem recebido, comeu broa, tomou café e até fumou maconha, algo que não fazia desde a adolescência. Zé Augusto e Ribamar estavam com o revólver e só esperavam o dinheiro. Não eram o que se pode chamar de bandidos, cultivavam um pouco de maconha e só passaram a arma, pois Estevam, o pastor, fez o pedido. Na época em que era envolvido com o tráfico, Estevam buscava maconha direto com Zé e Ribamar. Sempre venderam barato e cultivavam sem agrotóxicos. Em Belo Horizonte, Estevam adicionava esterco, amônia e outros produtos para fazer a droga render mais. Em muitas dessas andanças, acabou preso. Passou anos na cadeia e encontrou Jesus. Muitos encontram, dizem até que ele fala. Para tantos outros é só mais uma questão psiquiátrica, algo como a esquizofrenia, uma presença ausente. Convertido, ele se sentiu ofendido com a insistência de Antônio, tentou aconselhar o velho amigo. Desistiu após reconhecer que não haveria jeito de fazê-lo mudar de ideia. Para que não buscasse algo mais arriscado, indicou o caminho mais seguro, seus amigos baianos.

Após o café, uma longa caminhada entre os pés de *cannabis*, Antônio decidiu que era hora de fechar o negócio.

– Gente, queria tentar voltar ainda hoje. Será que podemos... Tenho que tentar conseguir um atestado ainda pro serviço... Muita coisa ficou pra trás lá em BH.

– Bora, meu rei, não se avexe, não, viu? Rapaz, amigo do Estevam é nosso irmão aqui também, disse Ribamar.

– Brigado, completou Antônio.

– Vão lá, então, finalizou Zé.

Ribamar colocou as crianças pra fora de casa e pediu à esposa que saísse e buscasse um pão para mais um café. Os três conversaram amenidades e fecharam o negócio. Antônio teve que esperar o pão e um último baseado. De camionete, Zé Augusto o levou até uma cidade com ônibus direto para Belo Horizonte. Com o cu na mão e a arma na mochila, Antônio voltou sem pregar os olhos. Ainda vacilava quanto a matar Helinho. "Já corri perigo demais para deixar tudo de lado. Vou dar fim neste filho da puta logo. Se eu pensar demais é ele que vai me furar e me largar em qualquer esquina", refletia ainda confuso.

A viagem de volta lhe pareceu mais longa que a de ida. Sua cabeça o atormentava, tentava fixar seu plano em uma esfera que não precisasse se envolver. Seguiria Hélio após o trabalho. Não exatamente assim, aguardaria-o perto de onde desce do ônibus, espreitaria de longe. A vítima anda dez quarteirões até chegar em casa e sempre faz o trajeto sozinho. Como trabalha em uma lanchonete de shopping, sai sempre às vinte e três horas e chega ao ponto de descida por volta da meia-noite. Mora em um bairro afastado, no Nova Cintra. Lá, as ruas são escuras, tornando fácil para Antônio empunhar sua arma e o fazer caminhar até o terreno baldio onde deseja colocar ponto-final em sua saga. O plano parecia ser perfeito. Até a volta pra casa estava arquitetada. Depois de disparar os tiros, sobe o terreno e entra em uma das vielas que dá acesso à rua adjacente, iluminada o suficiente para que possa andar seguro, sem despertar nenhum tipo de suspeita. Antônio mora na Estrela D'Alva. Nos arredores de Hélio. Não precisará de locomoção para sua casa. Nem pretende ir para lá direto. Seu objetivo é passar no bar do Felipe, tomar uma cerveja, seu ritual de todas as quartas-feiras e, depois, seguir para o lar. Dessa forma, não recairá sobre ele nenhuma suspeição. Pelo menos é como enxerga a situação.

– Anda, anda, anda, vai logo, filho da puta, sussurra Antônio com a arma encostada em Hélio.

– Calma aí, não tenho dinheiro.

– Vai, vai... por ali. Fica quieto... Não olha pra trás, entendeu... senão leva chumbo, zé mané.

– Fica calmo, só tenho o celular e a mochila. Pode levar.

– Vou levar seu cu, seu merdinha. Estuprador... viadinho, seu fodido, arrombado desgraçado. Vou enfiar o cano no seu cu e disparar esta merda no seu rego...

– Que isso… Cê tá me confundindo, Helinho começa a chorar.

– Confundindo o cacete. Num se lembra de mim não, filho da puta? Na hora de comer minha filha na minha frente quando tava doidão, nem se preocupou em esconder o rosto, né? Agora vou arrancar suas bolas e enfiar uma bala no seu cu. Acha porque a polícia não fez nada que eu não ia fazer, acha que porque cê me deu aquela porra pra tomar, que depois eu ia me esquecer de tudo… Minha filha morreu, seu merda! Eu lembrei dôce quando te vi na rua há três meses, te sigo já tem um tempo… Ande, caminhe pra morrer. Se gritar, atiro de verdade… Cê ainda tem tempo de se explicar, de poder viver, seu bosta!

No terreno, Antônio dá o primeiro soco na barriga, o segundo no maxilar e o terceiro no olho. Hélio cai. No chão, ele suplica, diz que não fez nada. Que ele está enganado. Então, recebe dois chutes, um na costela e outro no rosto. Antônio se abaixa, cospe na cara dele. Pega a arma, coloca-a dentro da boca. Diz para ele chupar e depois desfere dois golpes, um na testa e outro na nuca. Helinho geme de dor, chora, implora pela vida. Antônio se lembra de ter implorado para ele não fazer nada com a filha e lembra do rosto de Hélio de prazer enquanto ele estava amarrado na cadeira com a boca tampada e com os olhos arregalados. Sua filha gritava enquanto Helinho enfiava com força em seu cu, e colocava seu braço por inteiro dentro da boceta. A menina tinha doze anos. Morreu de hemorragia. Quando Antônio acordou, ela estava cagada e toda ensanguentada… Morta, completamente morta. Antônio já havia perdido a esposa quatro anos antes atropelada por um ônibus e vivia para cuidar de sua filha. Depois da morte, tentou de todos os jeitos encontrar o responsável. Mas sua memória estava confusa, Hélio lhe deu *boa noite cinderela* depois de fazê-lo ver Dhália morrer. Quando pensou ter cruzado com o assassino da prole na rua, sentiu o corpo queimar. Não acreditou. Ficou alguns meses acompanhando a vida de Hélio e teve certeza de que era ele quando o impediu que estuprasse uma pré-adolescente em um sábado, de madrugada, nas ruas do Buritis. Certamente, Helinho não o reconheceu naquele dia. Antônio poderia ter chamado a polícia, preferiu o outro lado, honrar sua filha, matando-lhe o algoz.

– Tá sentindo o cano frio. Vira de costas, seu merda. Bundinha durinha...

– Não, não, Hélio gritava de sofrimento.

Antônio disparou os três tiros no cu do estuprador e saiu correndo, como havia planejado, terreno acima. Parou no bar do Felipe, tomou cerveja e foi pra casa. A sensação de incompletude ainda era latente. A morte do assassino não trouxe alento, só havia lhe transformado em assassino. "Mas o que fazer? A polícia não acreditaria em mim. Não tenho memória perfeita do dia. Só consegui saber quem ele era porque segui o desgraçado, mas... Será que era ele? Será que foi ele que estuprou e matou minha filha? Claro que foi! Era aquele rosto que vi destruindo ela. Era o mesmo rosto e aquele olhar que estava com as mãos dentro da menina que tentava escapar na rua escura. Claro que era ele. Mas o que faço agora? Minha filha não vai voltar... Ele morreu, isso é suficiente. Não vai mais acabar com ninguém, não vai fazer mal a mais ninguém... E eu, será que posso machucar mais alguém? Estevam me falou que depois de matar uma pessoa não tem mais volta... Meu Deus, que foi que fiz?! Meu Deus... Será que alguém me viu? Meu Deus... O que faço? Não posso me matar... Não posso... Mas, se eu morrer, fico junto da minha filha, da minha esposa. Meu Deus, me ajuda... Quê foi que fiz... Tirei a vida de alguém... De um monstro é verdade... Eu sei! Ele é um monstro... Mas o que me diferencia dele... Eu também matei... Meu Deus... Meu Deus..."

HOW COOL IS THAT?!

Percebi o motor desligar. Abri os olhos e olhei pela janela. Carros, carretas e ônibus, todos parados. Era impossível perceber àquela hora da noite o que havia acontecido. O escuro da estrada e as luzes vermelhas incomodavam. Às dez da noite saí de São João Del Rey esperando chegar a Belo Horizonte em apenas três horas e meia. Isso não mais aconteceria. Escutei, do fundo do ônibus, o motorista falar lentamente com uma voz rouca, característica dos fumantes, sobre um acidente. Ele não sabia detalhes e reforçou que o mais provável seria que ficássemos algum tempo parados. Com uma calça preta e uma camisa azul clara, caminhou lentamente para o volante, mas antes se virou e, com uma expressão de quem havia esquecido algo, explicou que quem quisesse descer poderia fazê-lo. Tentei voltar a dormir, mas o barulho das conversas e a luz acesa não permitiram. Desci e olhei o grande volume de automóveis, as pessoas estacionadas sobre seus pés, muitas balbuciando palavras incompreensíveis e outras com expressão de impaciência. A espera é uma das piores sensações, é um distúrbio do porvir. Todas as faltas que recaem no presente são depositadas em um momento posterior, que, na maioria das vezes, nada modifica. Há certa valorização no futuro próximo, onde as conquistas estão perto de acontecer, onde a ansiedade está perto de desaparecer. São vários os problemas que isso provoca, um deles é um presente esvaziado por algo que pode não chegar. Experiências não vivenciadas, mas ainda sim latentes na mente.

Cigarro aceso, ponho-me a andar. Encosto-me no canteiro que separam as pistas. Em poucos minutos, uma senhora, do carro ao meu lado, caminha em minha direção e pergunta se pode fumar comigo. "Meu cigarro acabou", diz ela um pouco constrangida. Nós fumantes estamos à mercê de todos os julgamentos possíveis. Fumar tornou-se proibido não só em lugares fechados, mas também em todos os outros para os que não compartilham deste prazer. Criou-se uma espécie de moral acerca do fumo. Se antes era *cool*, hoje é degradante. Pessoas bem informadas não deveriam continuar a soltar fumaça por aí. Além do prejuízo próprio, fazem mal aos outros. É o que dizem. Se informação fosse sinônimo de conhecimento, talvez fizéssemos tudo de forma diferente. Da mesma maneira que sabemos dos malefícios do cigarro, sabemos também dos riscos relacionados ao consumo de alimentos industrializados, do excesso de monóxido de carbono expelido pelos escapamentos dos automóveis e tantas outras merdas nocivas a que estamos expostos diariamente. Isso não é uma defesa do cigarro e nem poderia ser. Não me sinto constrangido pela minha fumaça. Na conversa, ela deixa escapar que seus filhos parecem ter medo que ela venha a morrer de enfisema, cancêr.

– Fui ao médico esta semana, meu filho. Diz ele que tenho que largar. Esses doutor não sabem de nada. É o terceiro que vou. Todos dizem a mesma ladainha. Olham meus exame, dizem que minha saúde é de ferro. Meu sangue tá todo bom, nem problema de pressão eu tenho. Vê só! Aí vão e ficam dizendo que tenho que parar. Vou parar é nada! Se paro, quê é que vô fazê? Tenho sessenta e oito anos, adoro joga buraco com a minhas amiga, tomá minha cervejinha e fumá meu cigarrinho. Vê se vô parar, nessa idade? Agora, se ele dissesse que ia morre, era diferente... Ah, quer saber? Também num parava não! Se vô morre mesmo, que morra fazendo o que eu gosto!

Olho pra ela e fico sem saber o que falar, mas sei que preciso dizer algo entre uma tragada e outra. O silêncio, neste caso, pode soar como falta de educação e ela é bem simpática.

– Qual é o nome da senhora?

– Zilma. E o seu?

– Bento. A senhora sabe por que estamos parados? Não consigo ver o que tá acontecendo daqui. Só vejo um monte de carros. O motorista do ônibus diz que é um acidente, mas num sei não.

– Olha, meus filhos dizem que é coisa da polícia, eles ouviram no rádio que houve uma perseguição policial aí. Mas também é difícil saber essas coisas. Vou lá. Quando chegar com esse cheiro, ainda vou ouvir um monte.

– Boa sorte e vê se pelo menos diminui um pouco. Uns anos de vida a mais com este pique que a senhora tem vai fazer um bem danado.

– Até ocê, menino. Tchau!

– Tchau!

As horas continuam a passar e a impaciência aumenta gradativamente. O céu aberto, congestionado por estrelas, tira um pouco a atenção e a tensão da espera. Os motores dos carros, a essa altura desligados, esperam que, aos poucos, os ruídos dos que estão a quilômetros de distância possam trazer a esperança de movimento. Algumas pessoas, determinadas a descobrirem o motivo da estagnação, caminham longos trajetos e desistem. Continuo na pista. Acendo mais um cigarro. Desta vez coloco fones de ouvido, uma tentativa de afastar qualquer tipo de interação. Pulo o canteiro central, caminho ladeira abaixo, na contramão. Sinto-me um pouco livre. O vento da noite, a luz da lua, as estrelas, o relevo das encostas e a música preenchendo os ouvidos é mais do que eu poderia esperar de um dia na estrada. Na cabeça, surgem imagens de acidentes. Não consigo deixar de desvencilhar que o belo momento que passo pode estar atrelado ao sofrimento de alguém. A tristeza toma conta. A dor do outro consome a experiência e uma soturna onda roxa recobre a pista. Um carro da polícia rodoviária sobe correndo ao meu lado. Este é o primeiro sinal do Estado em horas. Sirenes ligadas, mas nenhum alto-falante para explicar a situação. Continuamos cegos e surdos aos eventos. Enquanto o carro desaparece no horizonte, sigo descendo. Não sei bem os motivos. Se por curiosidade, a quem falaria a respeito? Se por pressa, saber de que adiantaria? Se por culpa, culpado por quê? Por ter me sentido bem com a atmosfera da noite. Talvez esta seja uma resposta, mas não explica muita coisa. Satisfaz apenas momentaneamente. Olho para trás, não consigo mais identificar meu ônibus, creio estar longe. Perdido em certas sensações, sou tocado no ombro, retiro os fones assustado.

- E aí?! Sabe de algo?!

- Tanto quanto você! Tu me assustou, cara! De onde tu saiu assim?

- Tava ali no meu carro do outro lado, te vi andar na contramão e pensei em perguntar se ocê sabia de algo. Foi mal aí.

- Que isso. É que estava com a cabeça em outros lugares. A porra do carro da polícia nem pra passar falando quando irão desobstruir a estrada.

- Pois é. Disseram que morreram duas pessoas.

- Quem disse?

- Um casal que está a uns quatro carros na frente do meu. Bem ali. Tá vendo? São aqueles dois.

- Pode crê. Como eles sabem disso?

- Disseram que um cara foi andando até lá na frente e falou com eles que viu dois corpos em um saco. E uma camionete, tipo a F-50, tombada.

- Sei. Vou continuar descendo. Até mais.

- Falou. Quando voltar, passa ali ó. Tô naquele Palio. Beleza?

- Ok.

Claro que não iria passar, precisaria achar meu ônibus na volta e isso já seria muita preocupação. Recoloco os fones. *Nick Cave and The Bad Seeds*, o álbum é o *Murder Ballads*, deixo a voz grave e sombria dar o tom da estrada. Um tiro é disparado. Me agacho, tento me proteger na mureta que separa as pistas. Continuo a descer. O som do disparo veio da direção em que caminho. Mais tiros são escutados. Corro para o acostamento, perto da encosta. Desço correndo. Mais tiros. *Nick Cave* e os *Bad Seeds* começam *Stagger Lee*. Corro. Vejo pessoas correndo em minha direção, tentando sair dos tiros. Oscilo entre perda da temporalidade e da espacialidade. Retiro o real de seu estado e tento metamorfoseá-lo, como um obturador, que capta o instante e o desloca para inúmeros outros estados de reais. Tento construir na corrida uma história para tornar o embate com a ação menos impactante. Em uma das situações invento um louco. Impaciente, ele puxa a arma e começa a atirar contra os policias que faziam a barreira enquanto os carros acidentados eram removidos do local. O atirador descarrega o pente da colt.45 na policia e em dois carros à sua volta. Ele acerta três gambés, dois no colete, um na cabeça. Atinge também um motorista no braço. Um outro disparo pega em outro automóvel e só destrói os vidros. As balas ficam presas no estofamento do banco de trás. Os policiais, a maioria despreparados, abrem fogo contra o atirador e nisso acertam uma mulher na direção, mas não conseguem sequer atingir o carro daquele que continua a desferir os tiros. O louco vai ficando mais alucinando, sua adrenalina cai, ele vê sangue espalhado, correria e dispara um tiro em seu peito. Outra possibilidade, os policiais estavam em negociação com assaltantes da região até que resolvem agir e investem contra os bandidos. Disparam friamente, os assaltantes revidam e o tiroteio começa. Não há civis feridos. Dois porcos são abatidos. Os deliquentes fazem dois reféns. A quadrilha perde três dos cinco integrantes. Os policiais continuam a atirar. Os bandidos decidem se entregar e acaba o tiroteio.

Sem fôlego, chego ao lugar. Muitos ainda estão em seus carros. A gritaria é intensa e os que passaram por mim, voltam andando, mas ainda estão longe. Olho a cena atentamente. Há um carro virado. Na verdade dois. De fato há uma F-50. O outro veículo é uma viatura policial. Há uma barreira com cones, barris e faixas impedindo o trânsito nos dois sentidos. Três Blazers da polícia rodoviária federal e dois carros do GATE ajudam a fazer o cordão de isolamento. Há um policial caído no chão, com sangue a escorrer pela sua pele. Outros policias prestam socorro. Não há ambulâncias. Quatros pessoas estão algemadas. Andam devagar escoltadas por cinco policiais que, aos gritos, emitem todos os tipos de xingamentos. Nos carros, os motoristas estão extasiados. Aplaudem. Há holofotes. Microfones *shotgun*. Câmeras, trilhos, claquete. E um diretor. O trânsito ficou parado por quase cinco horas. Mas era uma apenas uma externa. Voltei me sentindo menos culpado. Podia apreciar mais do brilho da noite agora, voltar para minha experiência tendo a certeza de que ninguém havia morrido, ao menos por conta de algum acidente de trânsito. Talvez a morte tenha dado as caras por meio de um enfisema, ou por falta de insulina, ou de paciência, ou... Foda-se! Tudo em nome de algum filme que falará mais uma vez de bandidos e mocinhos. Que legal!

MANGA FRESCA

É estrume. Cheiro de merda. Assim funcionam as coisas no campo. Dias e mais dias com odores de bosta, ração e animais nojentos prontos para serem abatidos. A vida é calma, isso não diz muito. Todo o resto é uma agonia contida, pronta para explodir. Colheita, lavagem para os porcos, comida para as vacas, banho para os cavalos. Resumo de uma passagem tediosa, monótona, mas necessária. As rotinas laborais me deixam louco. Sem contar a falta do que fazer com o tempo livre e os banhos extremamente gelados. Não compreendo a felicidade das pessoas daqui. Elas estampam um rosto leve, suave, ainda que com uma dureza latente. Uma de suas preocupações se refere ao tempo de estiagem. O pasto seco queima. O gado magro adoece e parte morre. Os alimentos apodrecem ao sol, o solo não permite o plantio e o dinheiro se torna escasso, assim como a comida à mesa.

Os locais conseguem tirar desses infortúnios algumas distrações. Os patrões e os empregados apostam para ver quando a próxima chuva chegará. A partir do conhecimento empírico de cada um deles é possível prever quando a intermitência cessará e tornará a fazer com que seus rostos voltem a se tornar menos exauridos, mais esperançosos. Mesmo a vida sendo uma cagada fedorenta há espaço para sorrisos e jogatina.

Durmo cedo neste lugar esquecido pelas efemeridades da cidade grande. Não que isso seja uma opção, pois não é. Significa que não há mulheres e bebidas para me esbaldar. O álcool dentro do alojamento dos homens inexiste. As mulheres ou são casadas ou cristãs demais ou orgulhosas o suficiente para treparem com alguém que ganhe menos que elas. As putas são horríveis e ficam longe daqui. Ficam no único bar da região, na beira da estrada. Aproximadamente cinquenta minutos de caminhada me separam de lá. Fico com preguiça de ir e depois voltar. Além de serem feias, a maioria parece não ter mais que dezessete anos. O lugar é agradável pra beber, mas não vale o tempo gasto, mesmo porque o caminho de volta fica mais longo estando caindo de bêbado. Às vezes que lá vou é para comprar um litro de pinga e voltar para o alojamento. Tento beber antes de deitar. Preciso de uma noite sossegada de sono pra trabalhar bastante durante o dia. Quando não bebo o suficiente, demoro a pegar no sono e acordo a noite inteira, muitas vezes chego a dormir pouco mais que duas horas. Isso faz com que me sinta um lixo pela manhã. Meus olhos teimam em abrir, meu corpo parece não responder ao cérebro. A tortura dura até o fim do dia quando deito novamente, mas sem a pinga ela não tem fim.

Todos com quem trabalho receiam ter um conversa mais aberta comigo, não confiam em mim. Não gostam de gente da cidade, escuto muito isso. Burburinhos contidos. Mentiria se dissesse que não ligo. Me importo sim. A questão é que pareço não me importar e não faço isso premeditadamente. Acostumei-me a ser fechado. Dar respostas rápidas, curtas, mas não duras. Não tenho motivos para ser duro com ninguém, a não ser comigo.

– Bento, já viu o céu hoje?

– Sim, respondo.

– Acha que vai chover até o fim da tarde? Não quero chegar no alojamento todo molhado. Tô morto de cansado... Pegar uma chuva dessas que parece que vai cair... Não sei não... Pode ser que.. Ah, deixa pra lá, diz Pedrinho, conhecido por ser uma das figuras mais aflitas da Fazenda Serra do Amanhecer.

– Esquenta com isso não, se chover ou não, vamos tomar aquele banho gelado do mesmo jeito, então..., digo sem pensar direito.

– Tô pensando em ir no bar hoje... Bora lá?

– Tu não falou que tava cansado, guri?

– Pois é, mas uma birita ia bem. E tô querendo pegar uma cabocla daquelas lá... aquelas novinhas é que são boas, num é?

– Acho que não.

A conversa parou por aí. Ele sentiu um ar de reprovação no meu tom, acho. O fato é que tenho dificuldades em me comunicar, em me envolver em uma conversa. Acho que tenho dislexia. Perco atenção nas pessoas depois de cinco minutos em que elas começam a falar. Sei que não é problema delas. O problema está comigo, acho tudo muito enfadonho. Não acredito que valha a pena falarmos muito e isso gera conflitos. Não tenho problemas com ninguém daqui, com o modo que vivem e como trabalham. Não tenho problema com porra nenhuma, só com o minha maneira de ser. Diferente da maioria das pessoas, aqui todos estão prontos para ajudar e não estão pensando em te foder a todo momento, pelo menos esta é minha sensação. De um modo geral, não tenho paciência para animais que possuam polegar opositor. A crença me soa prosaica, seja ela no que for. Não sou afeito a esperanças, acho que fui destituído de todas as crendices quando fui jogado no mundo, no nascimento. A única certeza que possuo é a de que a certeza no porvir nos torna ainda mais tolos. Torna o presente mais vazio e desgastado. As possibilidades são sucumbidas e as transformações acabam por serem minadas.

– Viu os bezerrinhos que nasceram? Tão lindos! Adoro quando nascem...

Tentei fingir ser surdo. Laura insiste.

– Foi ontem, acho que cê tinha ido pro alojamento. Achei que cê tava passando mal. Aconteceu alguma coisa? Vão lá pra eu te mostrar os bichim...

Não dava mais pra ignorar, resolvi me entregar e ir com ela até a baia. Há mais de um ano, desde que estou aqui, ela não para de falar comigo. Não dá pra entender. Só conversa comigo, aposto que nem com o marido fala tanto. Se soubesse que só penso em comê-la deixava de puxar tanto assunto. Deve achar que sou um excelente ouvidor. Respondo só o necessário. Ela desanda a falar e faço sim ou não com a cabeça. Na maioria das vezes, estou olhando para os peitos dela enquanto faço meus trabalhos e a escuto. Ela é gentil, tem uma bunda redonda e... Me consolo só de olhar pra aquele corpo, me acabo na punheta dia sim dia não com Laura em meu colchão.

– Cê precisa ver... Se der sorte, ainda pega a mãe amamentando. Ontem foi um dia tão difícil. Os porcos tavam agitados, não pude fazer a colheita das maçãs direito... Cê também tem muita terra pra adubar ainda, né? Já te contei do Fábio, meu sobrinho, vai se casar, novinho demais pra isso... Espero que dê certo, né?

Foi assim todo o trajeto. Ela falando e eu olhando o corpo dela se mexer, tentando decorá-lo ao máximo. Algumas vezes, penso em tentar fodê-la pra valer. Ver o que ela faria. Se aceitaria um gracejo, uma investida, mas fico paralisado. Conheço o marido, o Daniel, ele é meio bruto e um sujeito legal. Não tenho certeza de que ela gostaria de dar uma escapulida e, se quisesse, talvez ficasse com peso na consciência. Poderia se confessar para uma amiga próxima e até para Daniel. De um jeito ou de outro, ele ficaria sabendo. Sou muito cagado para embarcar numa dessas. Uma foda não vale uma foice. Sem desmerecer o sexo com humanos, me arranjo bem com as cabras. Há muitas delas dando sopa por aqui. São apertadas e quentinhas. Melhor que as putas feias, as mulheres casadas e todas as outras que não querem me dar.

Ao chegar na baia, constatei o que já era sabido, não havia nada demais na merda de um bezerro recém-nascido. Feio como qualquer outro animal, inclusive os de nossa espécie. Uma coisa horrível. Ao contrário de nós, eles se tornam uma delícia quando mortos ainda novos, assados e tornados refeições. Meu paladar os ama. O almoço na fazenda é sempre farto. Pagamos apenas quatro reais pela refeição. Posso afirmar que pago com gosto. Dois tipos de carne, salada fresca, arroz, feijão, macarrão e legumes. Sem contar que tudo é fresco, vem da própria fazenda. Ainda tem suco, com frutas de verdade, colhidas do pé. Ainda vale estar por essas bandas, mesmo sem mulher e sem o devido álcool. Eunuco... Jamais, as cabritinhas que o digam.

Ainda que, na verdade, não tenha aprendido muito por aqui, mesmo tendo feito de tudo um pouco, sinto-me seguro. Sou capaz de sempre me dispor a qualquer tipo de serviço e estou apto a perder constantemente, sem muitas reclamações exteriores. Vivo sem lágrimas e derramo o suor nos lugares mais comuns da vida mais difícil e fácil.

– E aí, Laura, bora tomar uma pinga debaixo da mangueira depois da lavoura?

– Achei que nunca fosse chamar...

MINHA FORTUNA EM LIVROS

– Bom dia, papai!

– Oi, meu filho! Cafezinho pra começar o dia?

– Tô de saída. Tenho que malhar e depois ir pra faculdade. Cê viu as chaves do carro?

– Deve tá ali na mesinha, lá na sala. Olha lá!

– Cê não sabe quê que aconteceu ontem na livraria?

– Hmm...

– Sabe um daqueles novos vendedores ? Não sei se o nome é Bento, acho que é isso mesmo. Eu tava lá na loja, sabe? E ele veio pra mim, dizendo que não tinha encontrado nem o encarregado, nem o gerente, pedindo pra eu dar um desconto num livro, pode? O livro não tinha marca nenhuma, tava todo perfeitinho e o zé mané veio pedindo pra eu tirar cinco reais num livro de setenta e cinco.

– Esses vendedor são tudo umas anta, já falei com todo mundo que desconto é só pra professor e se o livro tiver muito avariado.

– Eu sei, falei com ele, aí ele veio com um papinho de que só tinha um livro na loja e que era uma edição muita antiga, vê se pode? Ainda tive que escutar que era menos que 10%. Fiquei uma pilha, mas eu sou tranquilo e falei com ele na boa pra não fazê mais isso e dei o desconto, senão ele ia perder a venda. Sorte dele que foi comigo.

– Cê fez o certo filho.

– Deixa eu ir, que tô atrasado.

– Vai lá. Passa na loja hoje, viu?

– Podexá!

Vou terminar o café e ligar pra minha filha. A livraria precisa de uns ajustes e os vendedores de umas prensas. Ela sabe jogar duro, se impõe com respeito. Ninguém tem coragem de levantar a voz pra ela. A Letícia sabe bem comandar os empregados, tem rédea, pulso firme. Não aguento mais a bagunça que virou minha loja. Eu vendo livros, vendo cultura. Os vendedores precisam aprender mais sobre o que está em jogo. Não podem ser tão desleixados. Nunca vi ninguém chorando cinco reais de desconto em loja da Lacoste, Ellus, Levis. Ou leva o produto ou não leva, por que com livro tem que ser diferente? Faça-me o favor. Eu mesmo nunca pedi desconto na vida e se for pedir é porque o produto está danificado. Aí nem levo. É muito mesquinharia pedir desconto em mercadoria defeituosa, se tá estragada, não compre. Se quer comprar, leve do jeito que está e não reclame.

Administro a livraria há anos, décadas. Nunca fechei um ano sem bater o faturamento do anterior. E olha que nem estudo eu tenho. Me formei na livraria. Vendo livro, oras! Lembro quando li pela primeira vez "O monge e o executivo", aquilo praticamente mudou a minha vida. Herdei a livraria de herança, mas nunca precisei de ninguém pra me dizer como trabalhar. Cresci e cresço ano após ano. Hoje leio todo livro que sai do Warren Bufett, do Kotler e vou me aperfeiçoando. Esses caras sabem como ganhar dinheiro, sabem fazer dinheiro. Tem um livro que ainda não li, mas é o que penso sobre como tratar os empregados, o título é tentador: "Não elogie o funcionário por fazer bem o seu trabalho", é de um tal de Shapiro. Trabalhar bem não é mais que obrigação, se aqueles merdas soubessem disso, eu não precisava nem aparecer na loja. Porra, tenho que ficar ajeitando livro todo dia. Isso não tem cabimento.

- Alô?

- Oi, filha!

- Oi papai! Tudo bem?!

- Tá... tudo certo. Como vão as coisas aí na sua casa? O Vitor?

- Ele acabou de sair pro trabalho, tá tudo ótimo aqui. Acabei de malhar, tava indo pra loja.

- Te liguei pra isso mesmo. Sabe, tô precisando que ocê dê umas prensas lá embaixo, no pessoal da livraria, tá todo mundo relaxado, uma conversaiada. As seções tão desarrumadas. Cê sabe que, se eu chamar atenção, boto pra rua.

- Eu sei. Podexá. Cê sabe que falo mesmo. O povo abaixa a cabeça. Morre de medo, às vezes, chego em casa e morro de rir. Ô povo bobo. Tem uns dois que precisam ser demitidos. Já falei com a Suellen, tem mais dois que só tô esperando passar os três meses pra correr com eles da loja.

– Faz o que cê achar melhor. Confio na sua capacidade.

– Mudando de assunto, ontem acabei de ler aquele último do Nicholas Sparks, esqueci até o nome do livro, mas é muito bom. Por isso é que o homem vende tanto. Este ano já li dois dele. Já vou pro quinto livro este ano, viu?! Agora vou ler o "Casamento blindado". Tô com a lista da Veja desta semana. Vou pedir pra Duda dar uma olhada nela. Também vou pedir pra ela correr o olho nos sites da Cultura, Fnac e Saraiva e ver os mais vendidos. Temos que repor o estoque com essas coisas. A loja tá precisando acompanhar as grandes do País.

– Isso mesmo, minha filha. Só assim mesmo pra gente crescer ainda mais. Vou chegar mais cedo lá. Vou correr o olho nas sessões e depois tenho umas reuniões com uns fornecedores. Mais à noite eu vou descer. Cê sabe que as ilhas lá da frente só ficam arrumadas quando eu faço o trabalho.

– Eu sei papai. Vou indo. Beijo.

– Beijo, meu amor.

Fico mais seguro quando resolvo os assuntos com Letícia, ela tem a competência gerencial que vi em poucas pessoas. Conhece todos os detalhes da loja. Fala inglês. Já morou na Inglaterra. Paguei os estudos dela em Londres durante um ano. Ela se saiu tão bem. Um orgulho de filha. O Rafinha também é um excelente menino, tá acabando a faculdade de Economia. Faz na UFMG. O garoto morou um ano na Austrália, fala tudo de inglês também. Nunca me deu problema, não bebe uma gota de álcool. Filho cuidadoso, sabe tratar todo mundo, até quem não merece. Esse tal de Bento já tá com a demissão engatinhada, vi ele comentando com outros funcionários do desconto que pediu pro Rafinha. Falou que o Rafinha perguntou se cinco reais eram 10% de setenta e cinco. Vê se pode, um vendedor de merda, que tinha que dar graças a Deus de trabalhar na minha loja, dar graças a Deus por eu ter aberto minhas portas pra ele, zombar do meu filho. Inadmissível! Além do mais, ele vive atrasando, não vende nada. Impressionante, numa loja como a minha o sujeito não consegue vender. Tem gente lá que vende é setenta mil por mês, mas esse mequetrefe não passa dos quinze. É só passar os noventa dias que ele cai fora.

Depois de passar a tarde entre reuniões e planilhas, eu gosto de dar uma pausa. Uma pausa pequena. Pego os "Minutos de Sabedoria", carrego ele sempre no bolso, vou pra minha sala e reflito um pouco sobre a vida. Sobre as dificuldades que passei pra chegar até o topo e como é difícil me manter aqui. Criei meus filhos com amor, dei tudo do bom e do melhor, muita educação. Minha esposa acha que mimo demais os meninos, mas eu sou assim. Mimo ela também. Gosto de fazer tudo pela minha família. São as coisas mais importante da vida. Agradeço a Deus todo dia por eles. A minha sala, aqui na loja, também é meu refúgio, ninguém pode me incomodar quando entro nela. A não ser meus filhos. Só eles têm o direito de bater aqui. Fico calmo aqui dentro, organizo os pensamentos, trabalho mais rápido, sinto o tempo mais devagar. Geralmente me recolho das sete às oito da noite. Depois tomo um café e desço para arrumar os livros nas ilhas e impor respeito nas poucas horas que faltam para os empregados irem embora. Das vinte às vinte e duas horas, eles ficam agitados para irem pra casa. Ficam mais desleixados que nunca. Reclamando alto da vida. Quem dera eu poder ter tido uma oportunidade dessas, trabalhar num lugar como esse, cercado de cultura, ainda poder comprar livros com 15% de desconto, e depois vêm reclamar do patrão, vê se pode?

Hora de fechar a loja e ir pra casa, depois de mais um dia cansativo. Mas não reclamo. Gosto de trabalhar assim. Fiz fortuna com os livros e aprendi com eles. Tudo que sei veio deles. Eles são o mundo. Se não fosse "O monge e o executivo" e a minha habilidade de aprender e decorar cada palavra ensinada naquele livro talvez ainda estivesse mendigando como essas livrariazinhas pequenas por aí. Me orgulho do modo como construí meu patrimônio e cuidei das pessoas. Assim como minha família, que eduquei com livros e amor. Graças a Deus. Rezo a Ele todos os dias.

PEDRA, PAPEL, TESOURA

"O que tu colocou na mesa?!" Aguçado pelo interior das cápsulas, virou-se desajeitado. De sua mão, desabou o pano sujo da comida que acabara de jantar. "Vamos, me diga?! O que tu colocou na mesa?!" Eram três, o elefante, o dragão, a esfinge, um pouco de cada, encapsulados. Veste blazer preto, camiseta branca, calça social também preta e *All Star* azul, não usa meia. Seu nome é Daniel. Desleixado, Daniel busca alento ao pegar cuidadosamente o guardanapo antes derrubado. Desapercebido, enxuga o suor da testa com o mesmo tecido. Quer as cápsulas, quer sua dose de elefante, dragão, esfinge, mesmo sem saber o que é elefante, dragão, esfinge. "O que tem nas cápsulas?", grita, aflito. João, Fernando, Adalberto, riem alto... comprimem o ar, disputam o espaço entre as cadeiras, se submetem às cores do interior do tótem, localizado no canto direito da sala. Transpiram, inspiram, expiram, suspiram, espirram...

Sangue em seringas, transfusões... Mentiras. Doações. Doam a vida uns aos outros. Daniel bate à porta do banheiro. Bate à espera de João, bate para João. "João, não... Por favor, não", clama Daniel. Ele precisa de um mamífero, de um mito, de uma contemplação.

– Viu aquilo? De onde veio aquilo? Iiiiiiiiiiiiiiiiiiiiiiiiii..., Fernando tropeça na loucura.

– Cara, cê tá muito louco! Também tô, tenta falar um agitado Adalberto.

– Quem fez o jantar?, pergunta Daniel.

– O Jão. Ele deve ter colocado um pouco dessas cápsulas aí. Nem sei que é isso... Agora eu vi, Fê, Nuuuuuuuuu, responde Beto.

– Comi pouco, ele não me deixa pegar esta merda e tomar. Não abre o banheiro, já bati lá. Será que ele tá bem?, fala Daniel confuso e agitado.

– Iiiiiiiiiiiiiiiiiiiiiii, Fernando louco.

Os três, Betinho, Fefê e Dani, dão as mãos e começam a girar na sala ao som de *PJ Harvey*, o álbum é *Stories from de city, Stories from the sea*. Gritam e dançam. Dançam e gritam. Só o tótem ilumina o recinto. O elefante, o dragão e a esfinge estão presos na mesa e precisam sair, ganhar narinas, ou estômagos, ou os dois, ou o cu. João volta, alucinado. Engatinhando, uivando. Entra no meio da roda, de sua posição vê os três se tornarem vultos a passarem à sua frente, rostos multiformes que sorriem enquanto brincam de ciranda. Aos poucos, ele se levanta. Como um animal, escala o corpo de Daniel, põe a língua pra fora e com ar ofegante posta as mãos, imaginariamente patas, nos ombros do amigo. Vagarosamente, recolhe uma das mãos ao bolso e retira uma cápsula. Coloca cuidadosamente na boca de Daniel, que engole sem nada perguntar. Elefante, dragão, esfinge, suco gástrico, tequila, sal e limão. Lembranças da Cidade Baixa, lembranças do Gasômetro, sol gelado a se pôr, céu colorido, chimarrão na cuia, cigarro em brasa, doces hálitos em forma de ácido, um dia a mais, duas noites adentro, cinco, seis, sete anos, escuridão nas ruas de Porto Alegre, dos viadutos aos galpões à beira do porto.

– Jão?! Que merda é essa?! Iiiiiiii... Tô pirando igual ao Fê... uiiiiiiiiiiii... Uauuuuuuuu..., Dani agora desperto, ereto.

– Vida encapsulada. Sangue, múmia, hieróglifos. Uuuuuuoooooooo, Jão emocionado.

– Sério, Jão, uiiiiiiiii, onde cê arrumou isso? Drogaria, ou pegou com o mala? Zuuuuuuuiaaaaaa, Fefê curioso.

– Porra, conta... uhhaaaaooooo... aí, Beto engasgado.

– Yuipppppppppppp, na porr.....a da drogariaasssssssss mala-aaaaaaaaaa, Jão fritando.

– Que grrrrrjjjjjssss que é?, Betinho doidinho.

– Mix de elefante frruuuuoiiiiiiiiii, dragã iaaaaaaaaa o e esfinge!!! Ópio, Ayusca, Mescalina, processo eiiiaaaaaaaaaaaaaaaaaa cruzado, sintetizado. Cês viram issoooooooooooooooooouuuuuu, Jão doidão.

Todos viram, mas ninguém sabia o que os outros haviam visto, não era como se sentiam nos tempos dos viadutos, dos galpões, das ruas quando brincavam de Deus, cuspiam no Diabo, batiam bola com a morte, desciam ao inferno para um tiro, subiam aos céus para um pico e assim seguiam. Adolescentes, com os urubus, os ratos, as pombas. Daniel, cacique, marujo, fora de foco, deita, lembra dos gélidos leopardos, quando a brasa do cigarro acendiam todos no gramado para mais um trago, sempre jogados, relaxadas. Daniel adorava viver ao lado de quem dava a vida, o sangue pelos seus. Desde sempre, desde que se entendeu por gente, nunca deixou de amar Jão, Betão e Fefa. Se um dia fosse necessário, daria os olhos para que algum deles pudesse ver o mundo novamente, as bocas de fumo na cinzenta e triste Porto Alegre, onde cresceram e viveram intensamente, desde sempre, para sempre, com unhas, sem alguns dentes, para nunca mais se esquecerem de lá, para aquele lugar onde se deixaram perder os quatro carrapatos.

– Iaaaaaaaaaaaaaaaaaaaaaaaaaaaaaa, mais clama Dani bobão.

– Cidade baixa... frrrrr ou vamos pra Independência?!, indaga Fê.

– Vão pra puta que pariu, daqui não saio não, doidão, Jão ligadão.

– Yeahhhhhhh, concorda o louco Betão.

PRIORIDADES

O mundo ruía. Seis horas e alguns poucos minutos da noite se iam quando a notícia de que tudo estava a desmoronar chegou por telefone. A princípio, achou ser mais uma peça de quem lhe falara, mas não. Sua casa era um lugar um tanto quanto intocável e seu telefone mais ainda. Ao tocar, seu velho aparelho de telefone sempre anunciava as piores notícias. Para todas as outras, ligavam para o celular. Para a tristeza do emissor e de todos no mundo, o planeta iria para o saco. Ele parecia não se preocupar. Recebeu as palavras com resignação e, num momento de lucidez, que ultimamente lhe era raro, sussurrou: "Antes tarde do que nunca". Mais à frente, concluiu que nunca havia visto um clichê se adequar tão bem aos seus sentimentos.

Com a calma de quem sabia que tudo estava se acabando do lado de fora de sua cortina foi até o fogão colocar um pouco de água para esquentar. Não deixaria de tomar seu chá só por conta de uma bobagem dessas. Quem o visse trabalhar lentamente, emergindo e submergindo as folhas, diria que este homem tem todo o tempo do mundo. E de fato tinha. O tempo era seu. Não dos outros ou do planeta. Afinal, ele poderia dar cabo de sua vida antes do colapso final, se assim quisesse. Como se esqueceu de colocar açúcar na água, enquanto a fervia, resolveu novamente iniciar o processo para a feitura do chá. Chaleira, água, açúcar, fósforo, botão girado, fogo, caneca e folhas. Tudo devidamente lento, cansativo de olhar e de descrever. Enquanto esperava o chá tomar a temperatura ambiente, abriu a cortina e viu pessoas atabalhoadas, correndo de um lado para o outro, gritos, helicópteros da polícia, ambulâncias, todos tentando fugir. De que, de quem e para onde é que ele se perguntava. Não havia para onde ir. Se tudo iria para os ares ou para qualquer lugar que seja, não faria a menor diferença tentar escapar. "As pessoas estão malucas", pensa entre um gole e outro. Ele não fez questão de ligar a televisão ou o rádio para saber os detalhes. Achava uma perda de tempo algum jornalista ainda estar preso ao trabalho. Achava injusto. Em sua cabeça seria melhor estarem em casa, com suas famílias, tomando um chá, lendo um livro, trepando, fazendo algo que gostem. Nunca achou que jornalistas curtissem a profissão, era só uma intuição boba.

Como havia desligado o celular, por volta das oito da noite o telefone voltou a tocar. Nunca recebera duas ligações em uma semana, o que dirá em um mesmo dia. "Aaaalô". Escutou na linha uma voz feminina, a qual não conseguia identificar. A mulher que ligara estava muito desesperada, pois sabia que o irremediável na vida de todos chegara antes do que ela e todos os outros haviam programado. "Escute, vamos todos môÔôrrrerrrrrr, eu nããão estou prontaaaa". Sem se preocupar muito com estas palavras indagou: "Quem fala?" A resposta veio rápido. "Como assim quem fala?" Desligou o telefone. "Não tenho a obrigação de saber quem está do outro lado da linha. Não tenho a obrigação de identificar voz nenhuma". Acendeu o cigarro, colocou *Sonic Youth* na vitrola e se esqueceu de todo o resto. Cantarolou o álbum "*Daydream Nation*" de cabo a rabo, ensaiou umas dancinhas e até imitou o jeito da *Kim Gordon* de cantar. Já se passavam das dez da noitee o mundo continuava ali. Voltou a abrir as cortinas. O que antes era apenas uma imensa agitação, agora já havia se tornado Estado de Sítio. Pessoas mortas por tiros, pessoas mortas por se jorgar de seus apartamentos, pessoas mortas por todos os lados. Lojas saqueadas, carros em chamas, ônibus em chamas, policias mortos, carros batidos, congestionamento, pessoas desesperadas correndo, mais e mais helicópteros, megafones pedindo calma à população. Fechou a janela e as cortinas. "Por que estão se matando, atirando uns nos outros? Por estão roubando lojas? Por que estão colocando fogo nas coisas? Por que continuam fugindo? Puta que pariu! Será que ninguém tem maconha em casa, um Lorazepam, algum Benzodiazepínico, um ansiolítico qualquer, um chá de camomila? Puta que pariu! Cadê a porra do *Velvet Undergroud*? Achei!"

Janelas fechadas, terceiro álbum do *Velvet* na vitrola, volume no talo. Chaleira, água, açúcar, fósforo, botão girado, fogo, caneca e folhas. Cigarro aceso, chá na garganta, imitação de *Lou Reed*, dancinhas. De súbito, uma grande explosão o tira de seus pensamentos tranquilos, abre a janela, uma bomba foi arremessada contra o engarrafamento na altura da rua da Bahia com a avenida Augusto de Lima. "Devem ter morrido aproximadamente mil pessoas", ele calcula. "Quem jogou esta merda? Puta que pariu! Quem foi o louco?", lamenta ao olhar os helicópteros no ar. Desliga o som, liga o rádio, não consegue sintonizar nenhuma estação. Liga a televisão, apenas dois canais transmitem ao vivo, por meio dos helicópteros, imagens da explosão, diversos pontos do país são mostrados. A narrativa em *off* são de repórteres dentro das aeronaves. As explosões aconteceram de forma simultânea em toda a parte da cidade e em todas as grandes cidades do país. "Não há informações do Governo Federal sobre os atentados", aponta o jornalista. Antes alheio aos eventos, ele, agora, se investe de terror, apesar de aparentar não ligar para o mundo ruir, nem para as pessoas morrerem. "Faz parte da vida", pensa. O incômodo é a forma como elas estão sendo eliminadas, sem ainda haver qualquer indício de eclosão global. Liga o computador, a internet ainda está ativa, em outras partes do planeta a agitação é a mesma. Pessoas se matam, saqueiam, atiram umas na outras, há atentados, não se sabe se da parte do Estado ou de grupos disseminadores de terror. Segundo se lê, o mundo eclodiria em função de três grandes satélites. Ao saíram de orbita após serem atingidos por um enorme meteoro perderam o controle e ficaram à deriva. A partir disso, colidiram com um meteoro ainda maior, o maior já presenciado até o então, fazendo com que esse desviasse sua trajetória e se voltasse contra a Terra. Nenhum dos mecanismos desenvolvidos pelos cientistas foi capaz de destruí-lo ou mesmo fragmentá-lo para que ele pudesse reduzir seu impacto contra a superfície terrestre. Um dos tantos problema que surgiram é que os radares saíram de operação e não foi mais possível prever quando ele colidiria com o planeta. As indicações, por mais desencontradas que fossem, davam conta de que o impacto deveria ter acontecido acerca de três horas. Todos, neste momento, estão no escuro e, muito provavelmente, as mortes em massa sejam ações governamentais para mitigar as consequências do vazamento de informações sobre o fim do mundo, que, incerto, ainda não deu as caras.

De saco cheio, ele desliga tudo que possa ter contato com o mundo, pega um papel e rabisca alguns desenhos, acende um cigarro. *Nick Cave and The Bad Seeds* na agulha, com o álbum "*The Firstborn is Dead*". Nem o som no volume máximo consegue abafar o barulho das ruas, batidas insistentes em sua porta fazem com que ele abaixe o volume.

– O que?, berra do lado de dentro do apartamento.

– VAI FICAR AÍ? TÁ TODO MUNDO MORRENDO!

– Eu não tô e nem tu! Volta pra casa e tranque a porta se quer ficar vivo. Tchau.

– TÁ MALUCO, *BROW*? O MUNDO TÁ ACABANDO! TÁ TODO MUNDO SE MATANDO! O GOVERNO TÁ ATIRANDO BOMBA NA GENTE! TEMOS QUE FUGIR!

– Velhão, vai pra casa. Se o mundo vai acabar, não adianta tu fugir pra lugar nenhum. Se tão se matando na rua, fica em casa. Não fode, CARALHO!

As batidas e os gritos continuam do lado de fora. Com medo de arrombarem sua porta, encosta sua cômoda cheia de roupas atrás da única porta do apartamento. Aumenta novamente o volume, liga para seus pais.

– E aí?! Cês tão em casa, né?!

– Tamos. E você?

– Tô sim.

– O pai tá aí contigo, mãe?

– Tá! Já te falei! Quê tá acontecendo? Vamos morrer?

– Se ficarem em casa é provável que não...

– Mas o meteoro, o governo tá matando todo mundo, tem gente atirando em todo mundo, um monte de bomba explodindo, meu filho, não sei o que fazer...

– Fica em casa... É o melhor a se fazer, talvez os satélites tenham desviado o meteoro de novo, os governos perderam a conexão com o espaço. Estão sem monitoramento espacial. Não sabem o que está se passando lá em cima. Já era para ele ter caído, alguma coisa deve ter dado err...

URSINHA, A LINDA URSULINA

Um começo triste se configura. O andar calmo reduz a expectativa, não que tenha alguma. Acostumou-se a digerir os infortúnios calado e a não esperar nada mais do que a próxima respiração. Sua única expectativa é que não lhe falte o próximo inspirar e expirar, sobretudo em dias como este. O chão molhado e o céu sendo lavado, associado à tosse que persiste, faz com que tema pela próxima respiração. Pensa na noite, na possibilidade de esta ser o próximo porvir, um porvir não tardio, um porvir tão perto quanto a aproximação da esquina adiante. Teme a noite, não sabe bem por quê. Às vezes, gostaria de estar morto, mas a ideia do nada não lhe apetece. Ainda gosta do brilho do entardecer no inverno e do poente no verão. Fora isso, nada mais o prende, pelo menos gosta de ver sua vida assim. Sua visão de mundo passa por um sentimento: não mais frustrar-se. "Esse dia morrerá assim como ontem". Apenas se recolhe nos livros, cigarros, filmes, bebidas e música. Sexo não importa. O sexo, para ele, é o ponto máximo da frustração. A expectativa que o antecede, os jogos de sedução, assim como o ato, lhe dão asco.

São oito e trinta da manhã. O trabalho pode esperar. Trabalha para poder viver, não porque sente prazer no que faz. Não se preocupa com isso, a resignação é a cartilha adotada depois de tantos conflitos mal resolvidos durante os anos como coordenador de almoxarifado. Passa o cartão no ponto. Espera o elevador. Entra. Aperta o botão. 1, 2, 3, 4, 5, 6. A porta abre, caminha para sala como quem caminha no corredor da morte. "Perda de tempo". Se pudesse, dormiria com Kafka. Acordaria com Borges. Almoçaria com Proust. Tomaria café com Burroughs, onde optaria por duas pequenas gotas de morfina ao invés do usual adoçante, e beberia uma cerveja com Bukowski. Nada além disso.

"De novo?! Não dá mais para aturar este desleixo", gritava em tom de repreensão seu amado chefe. "Será a última", dizia ele. Não seria, proferia as palavras sempre que era indagado sobre o horário, da mesma forma como o chefe demonstrava a mesma expressão no rosto.

Senta-se à mesa, liga o computador. A sala possui aquela cor característica de escritórios. Paredes brancas, poltronas cinza, divisórias creme, separando seis cubículos onde as almas jazem todos os dias. Se a morte ali não está presente, envia, de vez em quando, um emissário para sondar os vivos. Para alguém que é apaixonado por cores, como ele, aquele lugar é a própria morte.

Oito horas mais tarde, quando deixa o recinto e corre para o primeiro bar em busca de conforto etílico, sente-se mais um invisível dentro da multidão. Planejou sua vida para se tornar mais um em meio à massa disforme que caminha pelas grandes cidades. Protegido dos outros, acredita estar longe de ser incomodado. A cara de poucos amigos e os poucos gestos de gentileza espontânea fazem com que ele possa se apoderar de uma casca tão grossa quanto a das tartarugas. Esquece, no entanto, do interior, frágil. Quando acuado, esconde-se dentro da carcaça, feliz, passagem rara, mostra o interior cheio de marcas.

Dia de lavar a louças
limpar os tecidos neutros
sonhar sem a tez retesada
brincar no escorregador e
sujar as calças cáqui
nas areias da vida

Os lenços de papel dos bares o auxiliam a vislumbrar o novo, ao passo que o ajudam a enterrar, em forma de cimento, o cotidiano amargo. Sua amargura é tida como um doce mal realizado, mal lapidado.

Diagnosticado a dois meses com diabetes, entende bem a redução que precisará iniciar. O bar, uma de suas poucas e parcas fugas, deverá sucumbir. Precisará de novos ambientes, novos lugares.

"Preferiria estar com... Que merda farei agora? Para onde irei? O refugio secou, a vida se interpôs até nisso. Nunca consegui nada. Também nunca quis nada. Ótimo! Estava bem assim. Se não estava, era problema meu. Agora o meu problema também é problema de um médico, de uma agulha, de uma insulina, de... Vai tomar no cu, caralho! Ursulina, minha linda, minha bela putinha de merda, não me deixe sem a minha insulina, minha vadia". E lá se vai um *cowboy* duplo. Nessa toada, ele segue. Na abnegação de contatos humanos, na dilaceração da vida, nas insuspeitas relações sociais. Dentro da lei, fora da vida, dentro de seu casulo, à salvo. Menos dela... Ursulina.

Mares dentro de mim
um corpo rejeitado por doces
um corpo necessitado de doces
um corpo triste, um ser angustiado
um ser destituído,
até em seu fim.

UM JOVEM BURGUÊS EM BUSCA DA REDENÇÃO... PEQUENO BURGUESA

Tudo se iniciou na tarde de um sábado. Duas gurias estavam deitadas no gramado do Parque da Redenção tomando chimarrão e jogando conversa fora. Eu estava ao lado, encostado em uma árvore, lendo "Do desejo", da Hilda Hilst. Fazia frio em Porto Alegre. O céu estava completamente sem nuvens e nem mesmo o sol a brilhar intensamente fazia com que a temperatura aumentasse. Lembro-me de que estávamos próximos ao lago. Várias pessoas aproveitam o fim de semana, principalmente depois de almoçarem, para passar o resto do dia na Redenção. O nome é sugestivo e o lugar traz tranquilidade, mesmo sendo reduto de estupradores quando a noite dá lugar à madrugada. Entre um poema e outro me distraía com as risadas e algumas frases proferidas por duas gurias próximas a mim. Não era apenas o modo como riam e se portavam que me chamava atenção, a beleza das duas ofuscava qualquer outra paisagem local. Sentadas sobre uma toalha, ambas estavam completamente absortas em suas trocas de palavras. Os gestos eram simples, leves e insinuavam brilho, leveza e desapego aos problemas exteriores e interiores. Tudo isso me fascinava. De certa forma me comovia. Observava a cena e enchia minha cuia com mais água. O chimas descia gostoso, assim como o cigarro, a Hilda, a paisagem e elas, enquadradas perfeitamente, assim *Godard* trabalhava seus campos em filmes como "*Je vous salie, Marie*" ou em *Rei Lear*.

Uma delas se vestia com calças pretas, bem justas, fazendo com suas formas pudessem ser apreciadas, um casaco de lã caramelo com quatro botões e uma echarpe verde-escura. Seus cabelos vermelhos e sua pele branca proporcionavam ainda mais beleza à sua face de olhos azuis, boca roseada, nariz fino e pintas negras espalhadas pelo rosto. A outra estava de calça de moletom cinza, mas que deixava a imaginação viajar pela robustez de sua bunda redonda. Calçava tênis e vestia um casaco imitando couro preto com capuz adornado por pelos falsos. Sua pele negra, seus cabelos encaracolados, seus olhos verdes, sim verdes, e uma única pinta a se sobressair ao lado esquerdo de seus lábios carnudos. Nos braços, Hilda me mostrava o quão belas eram essas visões. Em uma das passagem da "Noite", especificamente na VII, a velha safada escreve:

"Aquele fino traço da colina
Quero trancar a cancela
Da alma. Alimento e medida
Para as muitas vidas do depois

Curva e devaneio inatingido
Um todo estendido adolescente
Aquele fino traço da colina
Há de viver na paisagem da mente

Como a distância habita em certos pássaros
Como o poeta habita nas ardências."

Agarro-me às palavras de Hilda e percorro seus caminhos. Finjo crer na doçura daquelas que não conheço, mas isto mudaria, eu as conheceria. Saberia seus nomes e o todo construído antes das fantasias desapareceria. Por enquanto deixo que a tarde narre cegamente minhas histórias de Elisa e Bruna, a vermelha, a verde, e suas pintas, como uma melancia. Mantenho-me à distância. Havia o receio do contato. Como me aproximar? Esta questão era iminente. Precisava de coragem para abordá-las. Não queria interromper a alegria estampada do poente. Mas como? Certamente não poderia parecer louco. Pensei em trazer o chimas, perguntar seus nomes e, de forma discreta, dizer que não pude deixar de notar a felicidade que as tomava. Com o livro na mão, diria algumas palavras sobre literatura. Com isso abria a porta para mais alguns diálogos. Foi o que fiz. Levantei-me e caminhei em direção às duas. Fui recebido com um sorriso e convidado a sentar. De certo, elas acreditavam em mim, em eu não apresentar nenhum tipo de ameaça, o que era de todo verdade. Fiquei contente. Mais um passo de satisfação em uma tarde primorosa, pensei.

– Estava sentado ali, naquela árvore, apontei.

– Te vimos lá, guri, disse Bruna.

Aqui vale dizer que Bruna é a guria dos olhos verdes e Elisa a dos olhos azuis.

– Pois é, mantinha minha atenção nos poemas. Entre um e outro, tomava chimarrão, olhava o lago, as árvores e tentava compreender as palavras impressas nas folhas.

– Sei, tá curtindo o livro?, indaga Elisa.

– Bah, tri afude! Acho uma das melhores escritoras que já existiu. Tanto em prosa como na poesia ela destrói. É impressionante. Fico triste por sua obra ser pouco lida, apesar de todos dizerem que a adoram. Hilda é subestimada pelos leitores, crítica e pela academia, explico inquieto.

Quando estou ansioso, tímido, com vergonha, acabo por falar demais. Se não conheço as pessoas com quem interajo, o silêncio me dá medo.

– Tu achas isso mesmo? Vivo me encontrando com gente que fala muito sobre ela. Eu mesma li três livros. "Caderno rosa de Lori Lambi", "Poemas sujos, devotos e gozosos" e "Com meus olhos de cão". Achei os três lindos, principalmente o "Caderno rosa...", comenta Bruna.

– Tu é uma rara excessão.

– Mario, né? Olha só... Tu já leu Augusto dos Anjos? Acho que tu iria curtir. Ele é bem foda, pelo menos, eu gosto pra caralho. E ele também tem esses mesmos problemas da Hilda Hilst. Tem um poema dele que até sei de cor de tanto que gosto, diz Elisa.

– Recita aí, fala Bruna.

– Concordo, declama *pra* gente, digo.
– Tá bem, lá vai, chama "Solitário".

"Como um fantasma que se refugia
Na solidão da natureza morta,
Por trás dos ermos túmulos, um dia,
Eu fui refugiar-me à tua porta!

Fazia frio e o frio que fazia
Não era esse que a carne nos conforta...
Cortava assim como em carniçaria
O aço das facas incisivas corta!

Mas tu não vieste ver minha Desgraça!
E eu saí, como quem tudo repele,
– Velho caixão a carregar destroços –

Levando apenas na tumba carcaça
O pergaminho singular da pele
E o chocalho fatídico dos ossos!"

– Muito foda. E acho que tu tem um pouco de razão, Mario. Os ditos marginais da literatura brasileira são mais comentados pela gurizada da nossa geração do que lidos, diz Bruna.

– Me sinto feliz por ter criado coragem de ter me aproximado de vocês. Bom, pra terminar o dia.

– Por que tu fez isso? Ainda não entendi, Elisa quer uma explicação.

– Como disse, entre um poema e outro, ficava divagando, tentando abstrair para buscar minhas significações, no plural mesmo. Quando vi vocês duas, parei de olhar para outros lugares entre as leituras. Vocês pareciam vivas. Piegas, eu sei. Fazer o quê? Foda-se. O semblante era de felicidade. Isso pode soar estranho, mas imaginei um mundo pra vocês, construí histórias. Até comovido fiquei com o modo como gesticulavam. Como preparam o chimas e tudo mais. Os detalhes de suas ações me afetaram de maneira positiva. Sem parecer que estou dando em cima de vocês, mas se parecer também não me importa, a beleza de ambas chamou demais minha atenção. Duas gurias lindas, completamente desapegadas de tudo numa tarde fria e ensolarada na Redenção, pelo menos assim eu via a situação ou cena.

– Hahahahahahahahaha, ria Elisa.

Quê foi? Falei muita merda, né?

Fico corado, tímido, enquanto Bruna sorri de soslaio.

– Nada é que tu parece um bobo falando dessas coisas. Já deu pra ver que não somos tão interessantes assim, exceto pela beleza, sorri Elisa.

Vendo minha timidez aflorar, Bruna tenta voltar a me deixar confortável. Não que Elisa tenha sido desagradável ou nada parecido, é que sou uma pequena besta mesmo. Um ser estranho vivendo em um casulo, sem saber ao certo como lidar com as pessoas. Um sujeito um tanto viciado nas paredes de casa e do escritório. Avesso aos contatos aleatórios por supor ser mais que desajeitado e desengonçado.

– Liga não, ela só tá te zoando, tenta me consolar Bruna.

– Capaz! Vocês são agradáveis até demais. Tô muito vermelho? Fiquei meio envergonhado, mas isso é normal. Relaxa! Nem sei como consegui vir até aqui.

– Esquenta não, só tava te enchendo um pouco. Hehe. Quando tu veio, todo maroto, achei que tu ia nos encher o saco. Fiquei pensando que tu ia ser daqueles caras que iam chegar querendo se mostrar o galo, com um monte de trova, querendo chamar atenção das duas pra ver se uma de nós caía na lábia. Se fosse isso, tu não ia durar nem trinta segundos. Mas tu é guri firmeza, explica Elisa.

– Valeu pela parte que me toca. Tá tudo bem demais, mas e aí? Que vocês fazem?

– Faço doutorado na UFRGS, em Letras, pesquiso a estética do estático do Benjamin a partir do "Em busca do tempo perdido" do Proust, comenta Bruna.

– Uau! E tu Elisa?

– Faço umas cadeiras com ela, mas pesquiso a geração *beatnik*. Na verdade, pesquiso a prosa de Kerouac. A forma como ele, por meio da linguagem, criou várias línguas ou várias escrituras para discursar sobre um mesmo tema, quer dizer o tema mais recorrente em sua obra, sua relação com Neil Cassidy e as andanças pelos Estados Unidos.

– Puta que pariu! Agora vocês ficaram ainda mais interessantes.

– E tu Mario? pergunta Elisa.

– Sou jornalista, escrevo pro Zero Hora. Tenho uma coluna sobre crítica cinematográfica. Vocês já devem ter lido. Assino como Mario Golberg. Fora isso, faço mestrado lá na UFRGS, mas nunca vi vocês por lá. Faço na Comunicação, na área de estéticas da imagem. Pesquiso cinema, um pouco óbvio. Meu trabalho trata da relação entre a linguagem e a recepção. Tento compreender de forma mais ampla a relação entre o cinema e a pintura. Principalmente no que se refere a esta manifestação na obra de *Godard*. Se é possível por meio da estética e da concepção do espaço fílmico tomado em certos aspectos pelo pictórico proporcionar à recepção novas formas de apreender as imagens. Retirando o espectador do lugar de conforto em que ele, de forma geral, está acostumado a experienciar o cinema.

– Interessante, diz Bruna.

– Legal, acrescenta Elisa.

– O mais legal é que meu orientador é o Gerbase, ex-Replicantes. Sou louco pela banda e acho o cara foda e com ele me orientando fico sabendo de cada coisa. Cara, é muito foda! Outro dia, tomei uma com ele e o Wander, na casa do Wander. A casa dele fede pra caralho. Hehe.

– Sou louca pra conhecer o Wander. Podíamos marcar uma cerveja depois. Vamos naquele bar lá na Independência com a Barros Cassal. Anota meu número aí, diz Bruna.

– Pega o meu também, fala Elisa.

– Vou dar um toque em vocês.

– Beleza, vamos indo, diz Bruna.

– Falou gurias.

Nos despedimos. Peguei a Oswaldo Aranha. Acenei para um táxi e fui pra casa. Tomei um banho. Liguei para uns amigos. Fomos pra Cidade Baixa. Bebemos em alguns bares da região. Vimos um showzinho. Encontrei velhos conhecidos e esbarrei com Elisa e suas amigas. Agora ela estava de sobretudo preto, calça xadrez azul e cinza, e uma echarpe roxa. Nos cumprimentamos. Falamos da coincidência. Nossos amigos estavam apressados, mas nós queríamos continuar o papo. Chamei-a para irmos a um outro bar. Já estávamos na noite mesmo. Ela aceitou o convite.

– Para onde vamos?, pergunta.

– Que tu quer fazer?

– Não sei, mas não podemos ficar aqui na calçada, neste frio.

– Tu tá linda, sabia?

– Brigada, são seus olhos. E tu continua bobo.

– Mas tu nem me conhece direito e já tá me chamando de bobo pela segunda vez.

– Tenho facilidade pra ler os outros. Já te li de cabo a rabo.

– Rabo? Nem sabia que tinha um. Como ele é?

– Meio amarelo.

– Hmmm, tem pelos, é parecido com uma crina, algo do tipo, ou é um cotoco só de pele, uma anomalia mais feia ainda?

– Só o cotoco sem pelo e fica no final das tuas costas. É bem feio.

– Além de bobo, agora sou feio e tenho anomalias.

– Gosto de anomalias, mas não de homens feios.

– Tô fodido mesmo.

– Até que não.

– Já que falamos de literatura a tarde inteira. Tá frio mesmo, puta que pariu! Tu tá mesmo linda. Adoro teu cabelo vermelho. Teus olhos azuis...

– Sei, tá me trovando agora.

– Pode ser. Tamo andando pra onde?

– Curte Fante?

– Fanta?

– Não, John Fante!

– Sim, curte as coisas de L.A. então?

– Quê coisas?

– A literatura de lá.

– Além de Fante, só conheço Bukowski.

– Curte?

– Demais.

– Tenho ele tatuado no peito. Saca aquele desenho e os dizeres " I wrote this words to keep me from total madness"?

– Claro! Me mostra, vai?

– Adoraria! Mas não aqui...

– Sei... já te disse que te li de cabo a rabo. Tô sacando onde tu tá querendo chegar.

– Sabe mesmo?

– Sei sim.

– Acho que não... Mas tu quer chegar em algum lugar?

– Tu vai descobri meu guri de rabo cotoco!

– Então tá. Mas, antes disso, tu vai saber aonde quero chegar.

– Hmmm.

Fomos beber no bar Bukowski.

CARTA AOS PAIS

Chegam em mim os cinquenta anos. Há muito venho adiando a escrita deste texto. Parece-me difícil a tarefa. Colocar em papel uma vida inteira. Dar a vocês a chance do irrevogável. Reformulando, dar a vocês a oportunidade de não poderem retrucar uma só letra daqui. Sim, sei que a carta não possui endereço do remetente. É proposital. Estou longe de vocês desde muito e preciso, neste instante e em todos os outros, manter completa distância de tudo relacionado a esta "família". Podem vocês pensar as aspas serem meros penduricalhos, mas não. Nunca fomos uma família. O rancor fez parte de nós em todos esses anos. Se quiserem pensar que estou louco, que perdi completamente o juízo, sintam-se à vontade, não posso controlar sensações alheias e, se pudesse, não o faria. Sendo homem feito, realizado, como sempre quiseram, posso afirmar que escrevo com total lucidez. Não que deva alguma satisfação. Meus cabelos já grisalhos apontam para um futuro menos envolvido com questões pueris e mais próximo da maturidade de quem passou por muito. De quem segurou firme as extremidades e ultrapassou a barreira entre a total abstração e o completo e duro piche do asfalto. Sem contar as inúmeras batalhas vencidas quando as mais altas patentes abandonaram seus postos.

Dito isso, e sem querer me alongar demais, esta é uma carta sobre o desapego. Escrevo do mundo dos mortos. Da minha morte para vocês. Ela, a carta, é mais que uma declaração e partida, é o fim de todo um desastroso relacionamento. Com ela ressurgirei do purgatório e renascerei como uma Fênix. Mas não para vocês. Para vocês sempre permanecerei morto, assim como vocês para mim. A carta é um enterro familiar, mas sem caixões, sem lápides, sem coveiros, sem inscrições, sem cemitérios e jazigos compartilhados. O motivo para isso são muitos, explicarei-os. Não se preocupem. Apenas sigam lendo.

Cabe mencionar o fato de que por anos aguentei calado mandos e desmandos. A tentativa de conquistá-los se demonstrava fracassada dia após dia, semana após semana, mês após mês, ano após ano. Como se não bastasse fazia com que vocês mantivessem um distanciamento imenso, quase impossível de entender. Claro, hoje tenho minha idade, não preciso me esforçar para mais nada e nem quero, mas e na infância, na juventude, na fase de transição para me tornar adulto, onde estavam? Por onde andavam? Em casa, juntos a mim e separados por um muro maior que o de Berlim. Lembro como se fosse hoje; isto mesmo, hoje. Das brigas intermináveis entre vocês. Já ouviram falar de crianças e adolescentes que esperam nunca chegar o fim de semana, esse era eu. Segunda, terça, quarta, quinta e sexta poderiam ser eternos. Passava o dia na escola, chegava em casa à noite. Vocês cansados de trabalhar, trancavam-se no quarto e pouco falavam entre si. Mas era só chegar sábado e domingo... brigas, gritos, xingamentos, barulhos de coisas a se quebrarem. Eu não tinha escolha. Não possuía amizades para me tirar de casa durante essas guerras intermináveis e nada de frias. Não os culpo pela falta de amizades, claro que não, isso era meu. Talvez o fato de me sentir tão retraído e submisso dentro de casa fazia com que não conseguisse relaxar e me encontrar fora do meu quarto, debaixo da minha escrivaninha. Debaixo dela me mantinha escondido nos fins de semana, tapando os ouvidos para ver se cessavam as vozes, que não vinham da minha cabeça, vinham de vocês. Sem mencionar as incontáveis vezes que tinha que me esconder para não apanhar. Minha palavra nunca valia. Sempre estava errado. Uma vez vocês acreditaram que eu havia fugido de casa, mas não. Simplesmente subi no pé de manga e lá fiquei noite adentro com medo de uma surra, da qual nem me lembro mais dos motivos. Fui chamado de burro, acusado de usar drogas, de ter amigos drogados, de só andar com más influências durante minha adolescência. Todos à minha volta me faziam mal e só vocês poderiam me mostrar o caminho da luz. Mais uma de tantas mentiras. Com vocês fui levado à escuridão, vivi na penumbra, na solidão, no afastamento, no confinamento.

"Por você abri mão de tudo", quantas vezes escutei isso de vocês. Falo sempre em vocês porque sempre agiram em conjunto. Mesmo estando sempre em constante conflito um com o outro, quando se tratava de me "educar" as decisões eram partilhadas. Sei que não fui planejado, fui fruto de um acidente, mas haviam centenas, milhares e até milhões de escolhas. Vocês escolheram se casar e ter-me. Jogar isso para mim é de tamanha mesquinhez. Uma pequenez que somente vocês poderiam ter. Se me perguntarem se os odeio, digo que não. Estou sendo sincero. Tenho asco, rancor, mágoa, dor e vontade de matá-los em mim. De matar tudo que fizeram comigo sem ao menos se dar conta, achando estarem sendo corretos. Obviamente não estou falando de todas as vezes, sei que muitas coisas eram planejadas a fim de me dar lições comportamentais, que até hoje não consigo compreendê-las. Todos cometemos erros, certamente cometi muitos. Nada que tenha sido motivo de vergonha ou embaraço para vocês. Nunca repeti um ano no colégio. Me graduei com louvor, sem ao menos repetir uma matéria. Sempre li, em média, vinte cinco livros ao ano. Nunca roubei, nunca fui preso, nunca me envolvi com drogas. Tenho apenas o vício do cigarro, iniciado depois dos dezoito anos, quando também, pela primeira vez, tomei meu primeiro gole de cerveja.

Em função do trabalho de quem não mais chamo de pai, nos mudamos seguidamente de cidade. Quando começava a me adaptar, criar algum laço, tudo se rompia e tinha que começar do zero. Por mais que vocês aparentassem se odiar, tinham um ao outro, eu nunca tive ninguém. Sempre um novo começo e muitos deles no meio de anos letivos. Até que, por fim, quando estava na faculdade, decidi que não mais ficaria nessas andanças desvairadas e estabeleci residência. Um começo duro. Cheguei a passar fome. Alimentava-me com cigarros. Não tendo dinheiro suficiente para uma refeição, fumava um maço inteiro e fazia com que a fome, de certa forma, me afligisse menos. Eu morando em uma sala, de favor, com apenas um colchão, que ficava atrás do sofá do dono do apartamento. Enquanto vocês, numa mansão com piscina, churrasqueira, quintal, canil, dois andares, televisão a cabo e internet. Além de outras mordomias. Isso é besteira mencionar. O dinheiro era de vocês. Não cabe a mim, hoje e nem antes, dizer como devem gastar o que ganham.

Em uma manhã, no auge das crises dos dezesseis anos, acordei com uma dor lancinante no ombro esquerdo. A dor era insuportável. À época, lembro estar de rolo com uma menina linda. Nem acreditava naquela beleza. Tive que deixar a sala de aula e ir para o ginásio. Ela me acompanhou, tentou me acalmar, os inspetores chegaram, acharam que eu estava matando aula. O que era de se esperar. Eu não estava na sala. Me despedi da minha deliciosa namorada e pedi que o coordenador da escola avisasse vocês, que me permitiram ir para casa. A dor não passou, parecia só aumentar. À noite, aquele, que chamava de pai, me levou ao pronto-socorro. Passei pela triagem e, por sorte ou azar, caí nas mão de um psiquiatra de plantão. Fiz todos os exames. Raio X do pulmão, do tórax, de tudo. Vocês devem se lembrar. Ainda fizeram algo que agora me escapa o nome para ver se algum músculo havia se rompido. Nada foi constatado. Voltamos para o plantonista e falei o que estava sentindo. Ele mostrou os exames e disse eu não possuía nenhuma enfermidade e acrescentou, virando-se para o homem a quem chamava de pai: "Seu filho pode estar com depressão, esses são sintomas claros de quem pode ter a doença". As palavras não foram exatamente essas, faz muitos anos. Lembro que ele pediu para marcar uma consulta com um psiquiatra e indicou, além dele, outros quatro nomes, disso não me esqueço. Ao sair, o papel contendo o telefone e o nome dos médicos foi rasgado. Perguntei o porquê. "Depressão, papinho furado", lembram-se dessas palavras? Não fui tratado à época. Quando tinha vinte e três anos, adquiri uma síndrome do pânico, claro, associado à depressão. Demorei mais de um ano para me livrar da síndrome. Aos vinte e sete passei a tomar quatro medicamentos diferentes para tratar uma depressão profunda. Tomei-os por quatro anos. Nesse período, além do psiquiatra, fiz terapia e percebi o quanto vocês me foderam. E continuaram a me foder e eu, incessantemente, tentando fazer com que vocês me aceitassem, compreendessem minha doença, mesmo não vivendo com vocês. Os fatos, e são muitos, poderia escrever um livro com eles, mas não é preciso, só queria refrescar um pouco a memória de ambos... Tentar fazer com que vocês compreendessem os motivos da minha morte e de suas mortes.

Nem tudo foi ruim, se vocês me foderam, me ajudaram a ser quem sou. Uma pessoa capaz de se virar, de aceitar diferenças, pois vocês não conseguiam fazer isso, tudo o que vocês não foram capazes, hoje eu sou. Todas as suas falhas são minhas virtudes, acredito, apesar de ter um pouco de dúvidas. Se consigo me dedicar às artes, ao trabalho, à leitura, à vida amorosa com respeito e serenidade se deve ao fato de vocês nunca terem me passado nada disso. Se deve ao fato das faltas sentidas e sofridas ao longo dos longos anos em que vivemos juntos, mesmo que distantes territorialmente. Como disse, não os odeio e até os agradeço por fazer de mim um ser antagônico à vocês, meus genitores. Se pudesse, escolheria outros pais e certamente vocês outro filho. Das minhas cinzas lhes escrevo para garantir que nunca mais terei nenhuma resposta, para garantir um sepultamento digno para toda "família". Pois a minha família eu escolhi e vocês não fazem parte dela. Nunca fizeram e a partir de agora mais ainda, mais que tudo, mais que o mundo. Se do pó viemos e para o pó retornaremos, hoje sou pó, menos poeira, mais purpurina. Isso mesmo, purpurina... Brilho solto pelos ares na minha morte para ter a certeza de que nunca mais retornarei para o caminho trilhado por aqueles a quem nada devo, pois não escolhi nascer, mas posso, e escolho morrer. Sem mais notícias de mim e vocês, a morte nos uniu e nos separou.

De minhas cinzas espalhadas ao vento,
Flávio.

Editora
LETRAMENTO
www.editoraletramento.com.br